生　還

小杉健治

JN179684

集英社文庫

本書は、集英社文庫のために書き下ろされた作品です。

目次

生還

プロローグ

二十四年前の平成六年八月のことだった。

悠木良二《ゆうきりようじ》は妻の美紗《みさ》とレンタカーで飛騨《ひだ》川の渓谷に沿って国道四一号を北に向かって走っていた。

今朝早く東京を出て、名古屋でレンタカーを借りた。中山七里《なかやましちり》を経由して郡上八幡《ぐじようはちまん》に向かうのだ。

渓流に陽光が照り返っている。外は炎天でも、車内はクーラーが効いて寒いぐらいだった。今夜は郡上八幡に宿を取ってある。

さっきまで饒舌《じようぜつ》だった美紗が急に何も言わなくなった。

「寒い？　クーラー、弱めようか」

と、良二はハンドルを操作しながら、ちらっと美紗に目をやる。

「いえ、いいの」

結婚して一年、ふたりは東京都江東《こうとう》区木場《きば》にあるマンションに住んでいる。良二は二十八歳、美紗は二十三歳だった。

二カ月前、ちょっとしたことで喧嘩《けんか》になった。美紗はおっとりした性格だが、案外と気の強いところもある。

得意先の接待で二次会にスナックに行き、帰りが遅くなった。その日は美紗の二十三歳の誕生日で早く帰る約束をしていたのだ。ところが、急に接待に駆り出され、二次会まで付き合わされた。仕事で帰れなくなったと伝えてはいたが、背広のポケットからスナックの女性の名刺が出てきたことで、美紗の顔色が変わったのだ。

妻の誕生日に、スナックで遊んできたことが許せなかったらしい。激しく、良二を責めた。美紗の違う一面を見て、良二は驚いた。

一週間ほど、機嫌が直らず、満足な会話もなかった。会社から帰宅しても夕食の支度はしてくれるが、口をきいてくれない。

「いい加減にしてくれ。なに、膨れてるんだ」

良二は強い調子でなじった。

それでも、時間が経《た》つにつれてだんだん気持ちも治まってきたようだ。スナックの件は忘れたように口にしなくなった。

郡上八幡の郡上おどりを見に行きたいと言い出したのは、つい一カ月前のことだった。

郡上おどりは一種の盆踊りで七月半ばから九月はじめまでの期間内に、町中の主立ったところで行われるが、お盆の時期の四日間は夜八時から翌朝の四時、五時まで踊り明かすらしい。

美紗はその四日間のいずれかに行きたいと言った。会社の夏休みは交代でとることになっていて、良二の休みはお盆の時期から外れていた。

だが、美紗がどうしても行きたいと言いはった。誕生日を祝ってやれなかったという負い目があるので、上司に頼んで二日間だけ休みをもらい、一泊で行くことにしたのだ。町の旅館はすでに一杯で、中心から少し離れたホテルにたまたま一部屋、キャンセルがあって予約出来たのだ。

郡上おどりに行くのは美紗の念願だったようだ。良二は道を調べようと地図を広げ、目に留まったのが中山七里だった。

中山七里は下呂《げろ》市三原《さんばら》の帯雲《たいうん》橋から金山町《かなやまちよう》の境《さかい》橋までの全長約二十八キロメートルの渓谷である。

良二は芝居や映画好きの父から『中山七里』の話をよく聞かされていた。長谷川伸《はせがわしん》の戯曲で、歌舞伎や芝居、映画やテレビドラマそして歌にまでなっている。

地図を見て、中山七里と郡上八幡がそれほど離れていないことを知り、良二は今回のコースを考えたのだ。

良二は少しスピードを出していた。名古屋を出発してから軽快に走り続け、高速の分岐点で道を間違えたことに気づいたのは三十分以上走ったあとだった。

二時間近いロスになった。

飛騨川に沿って国道四一号とJR高山《たかやま》本線が走っている。渓谷が左手に見える。運転しているので横目でちらっと見るしか出来ないが、確かに奇岩の間を川が流れている。川まで下りてみたいが、駐車出来る場所がなく、走り続けるしかなかった。美紗はあまり興味がないのか、俯《うつむ》いている。

美紗は良二の得意先の会社の受付嬢だった。髪が長く額の広い小顔が印象的だった。何度目かの訪問のときに食事に誘い、付き合いがはじまった。彼女は母親とふたり暮らしだったが、母親との折り合いが悪く、家を出たいと言っていた。

最初は、よくある母娘《おやこ》喧嘩ぐらいにしか思っていなかった。

結婚の約束をしたあと、はじめて彼女の母親に会いに行った。五十歳だというが、若作りで派手な洋服を着ていた。

「なんだい、このちんけな男は」

最初に口から出た言葉がこれだった。

「母さん、なんてことを言うの」

美紗が母親をたしなめた。

「美紗。だめだよ、こんな男。私は許さないよ。私がいい相手を選んでいるから」

良二は口をはさむ隙もなく、ただ唖然《あぜん》とするしかなかった。

「良二さん、行きましょう」

美紗は良二の手を引っ張るように家を出た。

「あれが母よ。母親らしいことなど一度もしてもらった覚えはないわ。私はずっと伯母に育てられたの。その伯母が亡くなって母と暮らすようになったけど失敗だったわ」

母親は男には甲斐甲斐《かいがい》しいが、美紗には冷たい。娘に女として対抗心があるようだった。母親の情愛がないことを知り、美紗は母親と縁を切って良二と結婚した。

微《かす》かにうめき声が聞えた。

「どうした？」

驚いて声をかける。

「酔ったみたい。気持ち悪い」

美紗が苦しげに言う。

「停《と》めて」

「ここは無理だ。もう少し先に行けば停められるかもしれない」

ガードレールもあり、道幅が狭く、停められる場所がなかった。

「お願い、停めて」

美紗は切羽詰まったように言い、吐きそうな様子だった。

バックミラーで後方の車との距離があるのを確かめ、良二は車を停めた。

「ここで待っていてくれ。この先でUターンしてくるから」

車から降りる美紗に声をかけた。

「わかったわ」

青ざめた顔で答え、美紗はドアを閉めた。

後続の車が迫って来るので、仕方なく車を発進させた。バックミラーに、うずくまっている美紗の姿が見えた。

ミラーに映る美紗がだんだん小さくなり、やがて道がカーブして見えなくなった。Uターン出来る場所がなく、良二は焦った。

ようやく、右手に岩壁を削った工事用の車両を停めるようなスペースが見つかった。対向車の隙をついて強引にハンドルを右に切って車を突っ込んだ。

車の流れの切れ目で、再び道路に出るとアクセルを踏んでさっきの場所に戻った。

だが、右手を見て走ったが、美紗が見当たらない。美紗が車を降りた辺りを過ぎて、しばらく行くと、車が停められるほどの場所があった。

良二はそこに車を停め、美紗が降りた場所まで走った。

だが、美紗の姿はどこにもなかった。

ガードレールから下を覗《のぞ》いた。巨岩が連なる渓谷だ。もしかして下りていったのかもしれないと思い、良二も行ってみようとした。

だが、下りるのは危険だった。急に不安になった。美紗は下りようとして足を滑らせたのかも……。

「美紗あ――」

良二は絶叫した。

第一章　郡上おどり

1

平成三十年八月十二日の夜、鶴見京介《つるみきょうすけ》は名古屋弁護士会の渡部威一郎《わたべいいちろう》に連れられて名古屋の東山《ひがしやま》にある鉄板焼きの店の門を潜《くぐ》った。夜になっても気温は下がらず、熱風を浴びているような暑さだった。

植込みの間の石畳を踏み、料亭のような趣の玄関に入った。

「先生、いらっしゃいませ」

女将《おかみ》が渡部威一郎を迎えた。

「よろしく頼む」

渡部は笑顔で応えて沓脱《くつぬ》ぎに上がった。

渡部威一郎は名古屋弁護士会の会長もやっていて、法曹界の重鎮である。八十を過ぎているがいまだ現役だ。

冷房の効いた待合室のソファーで待って個室に案内された。畳の部屋の真ん中に大きな鉄板があった。

京介は渡部と並んで座ったが、このような場所ははじめてなので緊張した。

「私もはじめて連れて来てもらったときには圧倒されたよ。もう昔の話だ」

おしぼりを使いながら、渡部が言う。

ビールで乾杯したあと、

「なかなかいい会だった。君に来てもらって助かったよ。君が経験した冤罪《えんざい》事件の話は有意義だった」

と、渡部はグラスを置いて言った。

名古屋城の近くにある市民ホールで開かれた『冤罪被害を考える会』に、京介は渡部に請われて参加した。

この会では、愛知県と岐阜県を中心に起きた冤罪事件の被害者三人の話を聞いたあと、京介は自分が関わった冤罪事件について話したのだ。

パネルディスカッションにもパネラーとして参加した。冤罪事件はなぜなくならないのか。それがテーマだった。

やがてシェフが現れ、肉厚の宮崎牛が鉄板に置かれた。その色の美しさに京介は目を奪われた。

「おいしそうですね」

京介は月並みな言葉しか出てこなかった。

「焼き加減はどういたしましょうか」

シェフがきく。

「私はレアで」

渡部が答える。

普段はよく焼いてもらうのだが、このような上等な肉はあまり焼かないほうがいいような気がして、

「レアでお願いします」

と、京介も応じた。

「あの悠木良二さんの弁護は先生が担当なさったのですか」

京介は思い出してきいた。

「そうだ」

今日の冤罪被害者は、同僚を殺したとして逮捕された会社員、公金横領の疑いをかけられた女子職員、そして悠木良二という五十二歳の男性の三人だった。京介は彼の話に興味を持った。

不思議な話だったからだ。

二十四年前、悠木良二は妻の美紗を助手席に乗せて中山七里と呼ばれる渓谷沿いを車で走っていたのだが、そのとき妻が車酔いをして吐きそうになり車から降りた。停車していられる場所ではなかったので、悠木良二はそのまま車を走らせ、途中でUターンして戻ってみると妻の姿はなかった。

その後、警察に届けて捜索をしてもらったが、ついに妻は見つからなかった。だが、不幸はそれだけではすまなかったのだ。

焼いたネギやタマネギ、芋、カボチャ、もやしなどが皿に盛られ、肉も仕上がった。

京介は肉に箸をつけた。口に運ぶ。柔らかい歯ごたえに肉の旨味《うまみ》が口の中に広がった。続けて肉をとった。

「鶴見くんは結婚は？」

渡部がきいた。

「いえ、まだです」

「恋人はいるのか」

「…………」

京介は同じ柏田四郎《かしわだしろう》法律事務所の弁護士だった牧原蘭子《まきはららんこ》のことを思い出し、胸が締めつけられるような感じになった。

柏田が友人の娘を事務所で預かることになったと言い、それが蘭子だった。

蘭子は美人で才女だった。弁護士としての能力も高かった。

京介は蘭子のことがはじめから気になっていたが、同じ事務所の弁護士ということで一歩引いた付き合いをしていた。

ところが、仕事でいっしょに金沢に出かけてから、いっきにふたりの距離が縮まった。それからは食事に行ったり、芝居を観《み》に行ったりして、京介は蘭子のことをひそかに恋人といえる存在だと思っていた。

その蘭子が突然、事務所をやめて、ニューヨークに行ってしまった。柏田の事務所に来る前から蘭子には婚約者がいたのではないか。ニューヨークに行ったのは婚約者との新しい生活をはじめるためかもしれない。

蘭子への思いを振り払うようにして京介は肉を口に入れる。口の中で肉がとけていく。

「どうやら好きな女と何かあったという顔だな」

渡部が勝手に決め付け、

「辛《つら》いときはうまいものを食えば忘れる。さあ、遠慮せず食べなさい」

と、笑いながら言う。

「はい、いただきます」

京介は箸を持つ手を伸ばした。ふとしたときに脳裏を掠《かす》める蘭子の顔を振り払いながら、京介は肉を頬張る。

シェフがすべて焼き終えて、部屋を出ていった。

　蘭子が何も言わずにニューヨークに行ったのは、京介に言いづらかったからだろう。彼女には婚約者がいたのだ。親が決めた許婚《いいなずけ》かもしれない。

　また、悠木良二のことを思い出した。

「悠木さんは奥さんに何があったと思っているのでしょうか」

　京介は渡部に顔を向けた。

「想像もつかないのではないだろうか。あの当時、警察も一生懸命探したんだ。それでも見つからなかった。もっとも警察は死体の発見を考えていたのだがね」

「自分から姿を晦《くら》ましたということは考えられなかったのですか」

「それはないと彼は言っていたが、当時はその可能性もとりざたされた。奥さんには結婚前から好きな男がいて、その男のもとに走ったのではないかとね」

　蘭子もそのような状況だったのかもしれない。婚約者がいながら京介と付き合いはじめたが、親の勧めに従って、結婚のためにニューヨークで暮らさねばならなくなった。

「それから二十四年ですか」

　長い歳月だと、京介は嘆息するしかなかった。当時、二十三歳だった美紗は四十七歳になるのだ。

「その後、戸籍を動かした形跡はなかった。戸籍がなければ、ふつうの生活を送るのにも難儀するはずだ」

「そうですね」

京介は頷《うなず》き、きいた。

「先生はすでに死んでいるとお思いですか」

「そうではないかと思っている。だが、悠木くんはいまだに帰ってくるのを待っているのだ」

「待っているのですか」

驚いてきき返した。

「そうだ。彼は奥さんがどこかで生きていると思っている。だから、独身を通している」

「そうなんですか」

「いつか奥さんが帰って来ると信じて、再婚に踏み切れなかったのだろう」

悠木良二にとっては、二十四年前の失踪事件は終わっていないのだ。今も奥さんの帰りを待っているということに衝撃を受けた。

自分は蘭子のことを待っていられるだろうか。京介は自分と照らし合わせた。

シェフが戻ってきてガーリックライスを作りはじめた。その手の動きを見ながら、悠木良二がいまだに待っているのはふたりの愛情を信じているからではないか、と考えた。

「どうぞ」

シェフがライスをよそった茶碗を差し出した。

「明日、帰るのかね」

渡部がきいた。

「いえ、せっかくなので、もう一泊していこうと思っています」

夏休みをとっているのだ。もし、蘭子がいたら、すぐに東京に帰ったろうが……。

「どこか行く予定があるのかね」

「行き当たりばったりでして。ただ、案内書を見ていたら、下呂温泉の近くに鳳凰座《ほうおうざ》歌舞伎と白雲座《はくうんざ》歌舞伎という芝居小屋があるというので、それを見にいってこようと思っているんです」

ガーリックライスを頬張りながら、京介は答える。

「素人歌舞伎か」

「ご存じですか」

「下呂温泉に泊まったときに観て来た。だが、この時期はやっていないよ」

「はい。建物だけでも見てこようかと」

「芝居が好きなのかね」

「はい、歌舞伎が好きです」

「御園座《みそのざ》は十月に顔見世があるが」

「改築したのでしたね」

「そう、今年の四月に再開した」

「先生も歌舞伎をご覧に？」

「家内が好きでね。たまに付き合わされる」

渡部は苦笑した。

「そうでしたか」

年をとってもふたりで出かける夫婦の姿を想像して、京介は思わず顔を綻ばせた。

「何か」

渡部が不思議そうにきく。

「いえ、なんでもありません」

京介はあわてて首を横に振った。

「そうそう、郡上おどりは明日から四日間、夜通し踊るのだ。郡上八幡に行ってみたらどうだね」

「郡上おどりというと、悠木良二さんの奥さんが見にいきたいと言った踊りですね。そうですか、明日からですか」

郡上おどりにも興味はあったが、悠木良二の妻がそこに向かう途中に失踪したということにもつい気持ちが向いた。

「明日はそこに行ってみます」

京介は答えた。

「郡上八幡で泊まるのは難しいから、ホテルは他でとったほうがいい」

「わかりました」

デザートのシャーベットを食べ終わり、

「いいか」

と京介に確かめて、渡部は立ち上がった。

京介が財布を出すと、

「いい」

と、渡部は言う。

「でも」

「遠慮するな」

「いいんですか」

「もちろんだ。わざわざ来てもらったんだからな」

渡部は鷹揚《おうよう》に言った。

「すみません、では遠慮なく。ごちそうさまでした」

京介は恐縮して頭を下げた。

呼んでもらったタクシーに乗り込み、途中の地下鉄の駅で京介は降り、渡部を乗せたタクシーを見送ってから、栄《さかえ》にあるビジネスホテルに向かった。

2

翌朝、京介は名古屋駅からJR中央本線に乗り、多治見《たじみ》で太多線《たいた》に乗り換えた。きょうも猛暑だ。

下呂に行き、鳳凰座の芝居小屋を見てから郡上八幡に向かうつもりだったが、昨夜ホテルの部屋で『岐阜県の歴史散歩』という本を見ていたら、郡上八幡の手前に「美濃《みの》和紙の里」の美濃市と「刃物のまち」の関市《せき》があるのが目に留まり、行き先を変えたのだ。

およそ一時間十五分で美濃太田《おおた》に着いた。乗り換えの待ち合わせが三十分ほどあった。電車を降りて長良川《ながらがわ》鉄道に向かいかけて、ふと、少し前を歩いている白い開襟シャツを着た乗客に目がいった。細身で白髪の目立つ男は悠木良二だ。

昨日、妻美紗の失踪と自分が疑われたことを涙ながらに語った姿が蘇《よみがえ》ってきた。会場で少し言葉を交わした程度だったが、彼のことが気になった。

彼はどこへ行くのだろうか。長良川鉄道の電車に乗り込んだあとも悠木良二のことが気になってならなかった。というのも、何か思い詰めた顔つきだったからだ。ひとりで下呂温泉に泊まっても寂しいだろう。苦しい過去を思い出すだけだ。だからその先の高山か白川郷《しらかわごう》に行くのかもしれないと、京介は勝手に想像した。

電車に乗り込んで座席に座ったがまだ発車まで間《ま》があり、京介は『岐阜県の歴史散歩』を取り出した。

今いる美濃太田について調べる。中山道《なかせんどう》の太田宿があったところらしい。木曽《きそ》川を渡る交通の要所で、尾張《おわり》藩の代官所が置かれていた場所だという。

木曽川を渡る「太田の渡し」が昭和のはじめまであった。そして、京介の目をとらえたのは、「深萓《ふかがや》の農村舞台」という文字だった。

深萓という場所に十二社《じゆうにしや》神社があり、この神社に保存されている農村舞台は拝殿と芝居小屋がひとつになった造りで、床下で棒を押して舞台を回す皿回し式舞台という構造になっているという。もし見られるのなら予定を変更してでも行きたいと思ったが、ふだんは見ることができないというので諦めざるを得なかった。

やがて、電車が出発した。本を閉じ、鞄《かばん》に仕舞う。車窓のかなたに見える山々を眺めながら、京介は蘭子を思った。

蘭子もまた自分を好いてくれていると思ったのは勘違いだったのだろうか。いや、蘭子は好きでもない男と親しくするほど、いいかげんな女ではない。

そう思おうとしたが、彼女は自分に婚約者がいることを隠していて、もろもろの事情から京介を選ぶことが出来ず、京介の前から消えるように去っていったのではないか。何度もいろいろなことを考えたが、この考えが真実を衝《つ》いているのかもしれない。だから、悠木良二の奥さんも……。京介は美濃太田駅で見かけた良二のことに思いを馳《は》せた。

妻の美紗には結婚前から付き合っていた男がいて、失踪という形で悠木良二から去っていったのではないか。

関市の刃物会館前駅で電車を降り、近くにある関鍛冶《かじ》伝承館を見学。そして、再び長良川鉄道で美濃市駅に行き、そこから美濃市乗り合わせタクシーで美濃和紙の里会館に行った。千三百年以上の歴史と伝統を誇る美濃和紙。伝統的な製法で美濃和紙を代表する本美濃紙を漉《す》いているという。

郡上八幡駅についたのは三時過ぎだった。電車からたくさんのひとが吐き出され、改札口から町中に向かって歩いていく。駅は町の中心部から少し離れていた。およそ二十分ほどで吉田《よしだ》川にかかる宮ヶ瀬《みやがせ》橋に差しかかった。観光客が橋の上から写真を撮っている。川の向こうの山の上に郡上八幡城が望めた。

橋を渡ってしばらく行くと路地の入口に宗祇水《そうぎすい》と彫られた古い石碑が立っていた。路地の石畳を下っていく。両側に続く木造二階建ての建物が情緒を醸し出し、その先に朱色の橋が見える。下を流れるのは小駄良川《こだら》という。手前の右手に柳の木があり、その下に水が湧き出ていた。環境省の名水百選に選ばれた湧水である。

通りに引き返し、古い町並みの職人町を通る。浴衣に下駄の女性の姿が目についた。

郡上八幡博覧館の前に来て、京介は中に入った。

「郡上おどりの由来」を読むと、江戸時代、将軍家光《いえみつ》の時代に、八幡城主が領内の庶民の心の安定と平和のために盆踊りをすすめたと伝えられているとある。そして、江戸時代中ごろには領民の間で広く踊られるようになり、また伊勢参りや旅芸人などから各地の踊りが郡上に流入し、踊りも豊かに華やかになっていったという。

館内はひとがいっぱいで、郡上おどりの実演コーナーに行くと、団体客が長椅子に座っている。前に浴衣姿の若い女性が三人いて、郡上おどりの説明をしていた。

壁に掲示してある『郡上おどり日程表』を見ると、七月から九月はじめにかけて町内の各所で催されている。特に、八月十三日から十六日の四日間は徹夜で踊るのだ。

夜八時から明け方の四時あるいは五時まで踊る。この徹夜おどりに大勢の観光客がやって来て、最近は外国人も多いらしい。

郡上おどりは屋形に唄い手や三味線などの囃子方《はやしかた》が乗り、屋形のまわりを踊る輪踊りだという説明のあと、

「それでは最初に『かわさき』という曲の踊りをご覧いただきます。そのあとで、皆さんもごいっしょに」

郡上おどりの最初に踊るのだという。三味線と笛、太鼓の音が流れ、唄が流れてきた。

――郡上の八幡出て行くときは　雨も降らぬに　袖しぼる……

曲に合わせて、前に出ている浴衣姿の女性がまず左手をかざし、次に右手をかざし、もう一度左手をかざす。それから両手を胸の前に持ってきて横に流してから手を二度打つ。

再び、説明が入る。踊りながら、

「町の風景を思い描いてください。まず、左手でお城を眺め、次は右手で、もう一度左手で眺め、そして、吉田川の流れを……」

そういう説明を聞くと、振り付けも簡単に覚えられそうで、

「皆さんもごいっしょに」

という勧めに、京介も長椅子に座りながら手と顔を動かし、まず左手をかざして城を眺め、次に右手をかざす……。

京介は夢中になった。覚えられたら、踊るのは楽しそうだ。せっかく来たのだから踊

りに参加したいと思ったが、時間的に無理だった。

郡上八幡の宿はどこもいっぱいだった。徹夜おどりの当日に空いている宿があるはずもなく、仕方なく美濃太田にあるビジネスホテルを予約したのだ。

美濃太田に向かう長良川鉄道の最終は九時ちょっと前だった。郡上おどりの開始は午後八時。駅までの歩く時間を考えると、踊りを見られるのは三十分しかなかった。

それでも雰囲気を味わえるだけでもよしとしなければならない。

郡上八幡博覧館を出て、古い町並みの中を吉田川のほうに向かう。午後六時になるが、まだ明るい。浴衣に下駄の男女がだいぶ増えてきた。

吉田川にかかる新橋《しんばし》を渡る。左手に旧庁舎記念館を見て、右に曲がった。橋本町《はしもと》から新町に向かう道だ。一段と人が増えてきたようだ。

途中にあったそば屋に入り、通りに出たときはもう七時を過ぎていた。

今夜の徹夜おどりの会場である橋本町にやって来た。提灯《ちょうちん》が並び、屋形も出て、その周辺に浴衣姿の男女が集ってきていて、だんだんと盛り上がりを見せていた。

徹夜おどりの開始までのあと僅かになると屋形の近くはもとより、通りは浴衣姿の男女が大勢集っていた。もちろん、洋服のひとも多い。

屋形にはすでに唄い手や囃子方が乗っている。八時になってざわつきが止《や》んだ。三味線と笛、太鼓の音が鳴り渡り、いよいよ徹夜おどりがはじまった。

博覧館のスタッフが言っていたように、『かわさき』という曲だ。

——郡上の八幡出て行くときは　雨も降らぬに　袖しぼる……

大勢のひとたちが並んで、左手をかざし、次に右手、もう一度左手をかざして踊りながら流していく。

時計を見ると八時半だった。そろそろ駅に向かわねばならない。まだ見ていたい思いを断ち切ってその場を離れようとしたとき、京介は、踊りの列の向こう側を歩いている白い開襟シャツの男に目を奪われた。男はすぐに踊り手の陰に隠れてしまった。

京介は男の顔を確かめようと移動する。だが、ひと込みに邪魔をされて姿を見失った。見物人も多くて思うように歩けない。

京介がやっとひとの群れを抜け出したとき、件《くだん》の男の横顔が提灯の明かりの下ではっきり見えた。

「悠木さん」

京介は思わず呟《つぶや》いた。

追っていきたいが、電車の発車時刻が迫っていた。やむなく、京介は駅に向かった。心を残しながら、用水に沿って柳の並木と大きな蔵屋敷が並ぶ「やなか水のこみち」を通って、最終の美濃太田行の電車にぎりぎりに乗り込んだ。

翌朝、美濃太田のビジネスホテルをチェックアウトし、京介は再び郡上八幡に向かった。

なぜ、悠木良二が郡上八幡にいたのか。午前中には名古屋から同じ電車に乗り合わせていたらしく、美濃太田駅で見かけている。

高山か白川郷にでも行くのだろうと勝手に想像していたが違ったようだ。そこで思い出したのは悠木良二の妻が行方不明になった場所だ。

地図を見ると、金山は下呂に近い。悠木は下呂から普通電車で飛騨金山まで戻って中山七里に行ったのではないか。

そして、夜になって、妻といっしょに訪れるはずだった郡上八幡に来た。二十四年前のコースを辿《たど》って当時のことを思い出そうとしているのではないだろうか。しかし、今さら何を思い出そうというのか。

電車が郡上八幡駅に着いた。駅には観光客が大勢いた。もう一泊して徹夜おどりに参加する者も一泊だけで引き上げる者もいるのだろう。

悠木良二がすでにこの町を離れた可能性もないではないが、まだ八時台だ。この町にいるに違いない。

京介は駅舎の外に立ち、やって来るひとたちの顔を確かめた。しかし、悠木良二は現れない。

まだ宿にいるのだろうか。

駅前の広場に強い陽射《ひざ》しが白く照り返っている。とうとう十時をまわってしまった。

京介は二時間近くも立っていたことになる。日陰にいても汗が出る。

そのとき、あっと目を見開いた。悠木良二がひとりでバッグを手に歩いてくる。おやっと思った。

悠木は前を行くふたりの若い女性に近づいた。声をかけたのか、ふたりの女性が立ち止まって振り返った。

何か悠木が話しかけている。ひとりが後退《あとずさ》った。もうひとりが悠木に何か言い、ふたりは逃げるようにして悠木から離れた。悠木が追いかける。

ふたりは駅舎のほうにやって来た。ふたりとも二十三、四歳。悠木が話しかけていたのは鼻筋の通った色白の女性だ。

ふたりは駅舎の中に入った。悠木が追ってきた。

京介は悠木の前に立ちふさがった。

「悠木さん」

悠木は驚いたように立ち止まった。

「あなたは……」

「名古屋の『冤罪被害を考える会』に参加しております。弁護士の鶴見です」

「なぜ、ここに？」

悠木は不思議そうにきいた。

「それより、今のふたりの女性と何かあったのですか」

「…………」

悠木は口をつぐんだ。

「女性たちはいやがっているようでした。不審者と思われかねませんよ」

京介は注意をした。

「これにはわけが……」

「わけ？」

「ええ」

悠木はふと思いついたように、

「そうだ、鶴見先生。あの女性から母親の名前をきき出していただけませんか。鼻筋の通った小顔の女性です」

「なぜ、母親の名前を？」

京介は一瞬戸惑ったが、すぐにぴんときた。

「まさか、あの若い女性……」

「はい。妻に似ているのです。顎にある黒子《ほくろ》までいっしょなんです。どうか、お願いいたします。私では警戒されて話してくれそうもありません」

悠木は真剣な眼差《まなざ》しで言う。

「でも、似ているというだけで……」

他人の空似ではないか。そう言おうとしたが、悠木の二十四年間の思いを考えた。いまだに失踪した妻の帰りを待っている悠木に対する同情の気持ちが、京介の心を動かした。

「わかりました。ともかく、きいてみます。答えてくれるかどうかわかりませんが」

そう言い、京介は駅舎に入り、ベンチに座っている電車待ちのひとびとに目をやった。座っている中にはいなかった。

ふたりは奥の壁際にいた。

近づいていくと、ふたりは警戒ぎみに京介を見た。

「すみません。私は東京の弁護士の鶴見と申します」

と言って、京介は身分証明書を見せた。

「ほんとうに弁護士さん？」

ショートヘアの勝気そうな印象の女性が身分証明書に手を伸ばして調べた。

「ほんとうのようね」

「ええ」

「弁護士さんが何の用ですか」

ショートヘアの女性がきく。

「さっきあなた方に声をかけたひとは東京の人間です。じつはあなたが以前会社で同僚だった女性によく似ていたので、ひょっとしたらそのひとの娘さんではないかと思い、懐かしくなって声をかけたそうです」

京介は鼻筋の通った色白の女性に向けて、とっさに弁明した。

「会社の同僚ですか」

ふたりは京介の背後に目を向けた。悠木良二が少し離れたところからこっちを見ている。

「彼はその女性に憧れていたので、つい夢中であなたに声をかけてしまったというわけなんです」

嘘《うそ》をつくのはうしろめたかったが、京介は悠木のために思い切って口にした。

「私が似ているのですか」

鼻筋の通った色白の女性が口を開いた。

「そうです。同僚だった女性もあなたと同じところに黒子があったそうです。失礼ですが、あなたのお母さまには？」

「ありません」

その女性は強い口調で答えた。

「そうですか」

京介は素直に頷き、

「仮にそうだとしても、会いたいとか、そういうわけではありませんので、ご安心ください。ちなみにお母さまのお名前を教えていただけませんか。いえ、無理にとは言いません」

「母は佐知子《さちこ》です」

京介の目を見てはっきりと答えた。

「佐知子さんですか」

悠木の妻は美紗という名だ。

もっとも名前を変えている可能性もあり、それだけでは真偽のほどはわからない。だが、黒子もないというし、ひと違いであろう。

改札がはじまった。乗客が改札前に並びはじめた。

「もうよろしいですか」

ショートヘアの女性が色白の女性をかばうように言う。

「申し訳ありませんでした」

「弁護士さん。名刺いただけます？」

ショートヘアの女性に言われ、京介は名刺を差し出した。

「ありがとう、失礼します」

ふたりの女性は改札に向かった。

京介は次の電車にするつもりでふたりを見送った。悠木も改札に向かおうとしたが、京介は近づき、

「悠木さん、次の電車にしましょう」

と、引き止めた。

「どうだったのですか」

悠木はきいた。

「母親に黒子はないそうです。それから名前は佐知子でした」

「佐知子……」

「ちょっと場所を変えませんか」

京介は駅構内を出て、人気のない木陰に悠木を誘った。

「悠木さん。あなたは今も奥さんを探しているのですか」

京介は驚きを禁じ得ずにきく。

「美紗は郡上おどりを楽しみにしていました。だから、いつかやって来る。そう信じて毎年来ていました」

「毎年？　二十年以上も……」

「そうです。今年は来なかった。でも、きっと来年は来る。そう思って毎年……」

「悠木さんは奥さんが生きていらっしゃると思っているのですね」

「そうです」

悠木は目を細めた。

「今年こそは、今年こそは会えると思って、毎年お盆にはこの地に来ています。そしたら去年、美紗を見かけたのです。でも、あの当時のままの美紗が現れるのは変だと気づきました。それがさっきの若い女性です。はじめて見たとき、美紗だと思いました」

悠木は財布から写真を一葉取り出して見せた。

「これが奥さん……」

鼻筋の通った細面で、顎に黒子がある。さっきの若い女性によく似ていた。

「さっきの女性は若い頃の美紗にそっくりでした。去年は見失いましたが、今年も来るかもしれないと思ったんです」

「あの女性も郡上おどりに魅せられて二年連続で来ていたのですか」

京介はきいた。

「そうです。一年待ったのです。だから、後先考えずに、声をかけてしまったのです」

悠木はため息交じりに言った。

「でも、違うようです」

京介は答えたが、さっきの女性が嘘を言ったという可能性も否定出来ない。母親のことを気にする男を警戒しただろうから。

「仮に再会出来たとして、あなたはどうなさるおつもりですか。また、いっしょに暮らしたいと？」

「………」

「もし、さっきの女性がほんとうに奥さんの子だとしたら、新しい生活を送っていることになります。仕合わせな暮らしに波風を立ててしまいかねません」

「私の二十四年間はどうなるのですか」

悠木が激して言った。

「私はこの二十四年間、死んだように生きてきたんです」

悠木は泣きそうな顔になった。

「そのことは同情いたします。痛ましいことです」

京介は続けて、

「悠木さん。奥さんが行方不明になったのは自分の意思でとはお考えになりませんでしたか」

「……………」

悠木は苦痛に顔を歪《ゆが》めた。

「仮に生きていたとしても奥さんには新しい生活があると考えたほうがいいかと思います。酷なことを言うようですが、もはや元に戻ることなど出来ないんじゃないですか。もう奥さんのことは諦め、新しい道を……」

悠木は顔をそむけ、

「あの若い女性を見たときから、美紗は結婚して子どもを産んだのだと思いました。彼女の顔を見れば、仕合わせな家庭に育ったのだと想像出来ます。いまさら、私の出番があるとは思っていません」

悠木は苦しそうに、

「ただ、どうしてあの場所からいなくなったのか、そのわけが知りたいんです。美紗の家庭を壊すつもりなどありません。仕合わせでいてくれたらいい。ただわけを知りたいだけなんです。そうじゃないと、私は一歩も先に進めないんです」

京介は痛ましげに聞いていた。二十四年間も、そのことで苦しんできた男の姿に胸を打たれた。

悠木は思い詰めた表情で、

「家族に気づかれないようにします。なんとかあの女性の居場所を探っていただけませんか」

「やはり、気になるのですか」

「はい。あまりにも似ているので……」

「どうしても奥さんに会いたいのですか」

京介は確かめる。

「私に残された時間は少ないのです」

「どういうことですか」

「………」

「まさか、ご病気？」

京介は悠木の頬がこけた顔を見つめた。

「お願いいたします。さっきの女性、私には他人の空似とは思えないのです。せめて、あの女性の母親が美紗かどうか、それだけでも探っていただけませんか」

二十四年前に女性失踪事件が起こり、未解決なのは紛れもない事実だ。そのままにしてはならないことは間違いない。

だが、果たして、事実を調べることで新たな不幸が起きないか。その懸念があるが、それは事実が明らかになってから考えればいい。

目の前で懇願している悠木の過酷な体験を思えば、なんとかしてあげたいとは思うが……。

「しかし……」

「お金なら払います」

「いえ、そういう問題ではないのです。お住まいはあの当時と同じところですか」

「そうです」

「もし奥さんにその気があるなら、あなたに連絡してきているはずです。それがないのは、奥さんは新しい生活に……」

「わかっているんです。現実を受け入れなければならないんだと。でも、美紗を忘れることが出来ないんです」

悠木はうなだれた。

京介もどうすればいいかわからなかった。悠木のために真実をはっきりさせたいという思いと、それによって仕合わせな家庭を壊してしまうのではないかという危惧との狭《はざ》間《ま》で、京介も迷わざるを得なかった。

3

二十四年前、悠木良二は二重、三重の苦しみを受けた。

美紗が車から降りた場所に戻ったが、姿が見えなかった。ガードレールを越えて、渓谷に転落したのではないかと思い、崖を下って岩場に下りた。岩陰で苦しんでいる姿を想像して焦った。

辺りを広く歩き回ったが、美紗を見つけることは出来なかった。

近くの工事現場の事務所に行って、事情を説明し、岐阜県警がやって来たのは暗くなってからだった。

美紗が行方不明になってから五時間が経過していた。このことも、疑惑を招くことになった。

その日はすぐ暗くなり、捜索は翌日に再開された。

悠木は事情聴取で、なぜすぐに警察に知らせなかったのかときかれた。

「岩場に転落したのではないかと思って探していたのです」

「しかし、奥さんが車を降りた場所から渓谷に下りる道はありませんよ。下に降りることなど考えられないのでは？」

刑事は言葉は丁寧だが、鋭くきいた。

「でも、国道にはいなかったのでそこしか考えられなかったのです」

悠木は反論する。

「国道にいなかったというのは、他の車に乗っていったことも考えられますよね」

「誰かが連れていったということですか」

「まあ」

美紗が自分の意思で他の車に乗っていったと考えていると気づいて、

「そんなことはあり得ません」

と、悠木は訴えた。

悠木は警察の車両に乗り、飛驒川の渓谷に沿って国道四一号を北に向かって走った。そして、美紗が降りた辺りでひとりの警察官が車から降り、車はそのまま先に向かい、工事用の車両置場と思われる場所に車を入れてUターンして国道を戻った。

さっきの場所に警察官が待っていた。なぜ、あのとき、美紗は待っていなかったのかと胸の底から突き上げてくるものがあって思わず嗚咽《おえつ》をもらした。

失踪から一週間。捜索は続いていたが、警察はすでに死んでいるものとみなして探していることに気づいた。つまり、死体を探しているのだ。

それだけでなく、思わぬ事態に発展していることに気づいた。

「奥さんとはどうなんだね」

刑事の口調も変わっていた。

「どうなんだとは？」

悠木はきき返す。

「うまくいっていたのかね」

「どういうことですか」

悠木はむっとした。

「東京のマンションの住人の話では、最近激しく言い合っていたというじゃないか」

「激しく言い合ってなんかいません。そりゃ、喧嘩はします。でも、些細《ささい》なことなので、すぐ仲直りします」

「しかし、同じマンションのひとの印象では、普段から諍《いさか》いの絶えない夫婦だったと。どうなんだ？」

「いったい、誰がそんなことを？」

「どうなんだね」

「仲はよかったんです」

「嘘をついてもだめだ」

「何が言いたいんですか。私が美紗に何かをしたとでも？」

「いえ、そういうわけではないんだよ」

刑事は口元に無気味そうに笑みを浮かべ、

「我々も一刻も早く奥さんを見つけ出したいので、いろいろきいているんだから」

「まるで、私が美紗に何かしたと言っているように聞こえました」

「そういうわけではないよ」

刑事は真顔になって、

「名古屋駅前でレンタカーを借りて、その夜は郡上八幡に行くことになっていた？」

「そうです」

何度も同じことをきくのだ。

「なぜ、国道四一号を走ったのかね」

「中山七里を通ってみたかったんですよ」

「中山七里ね」

刑事は冷笑を浮かべ、

「国道四一号沿いが、何かをするのに都合がよかったからではないのか」

「何かを？」

「そうだ、何かをだ」

「やっぱり、私を疑っているんですね」

悠木は声を荒らげた。妻の行方がわからないゆえの心労に加え、警察から妻殺しを疑われていることに愕然《がくぜん》とした。

「どうした？　顔が真っ青だぞ」

刑事は追いつめるようにきく。

「帰っていいですか。気分が悪いんです」

「気分が？」

刑事は疑わしそうに悠木の顔色を見て、

「ほんとうに具合が悪いのか。なら、しかたない、いいでしょう。明日、また迎えに行くから」

「また明日……」

悠木は憤然として取調室を出た。

警察署を出たところで、テレビのワイドショーのレポーターに囲まれた。

「その後、奥さまの手掛かりは？」

マイクが突き付けられる。

「まだ、見つかりません」

悠木は応対する気力もなく、ぶっきらぼうにマスコミの人間を振り払い逃げるようにしてその場を後にした。

あれ以来、悠木は引き続き休暇をとり、下呂に近い場所にあるビジネスホテルに逗《とう》留《りゅう》して、毎日、中山七里を中心に国道四一号を走る車を停めて美紗を見かけなかったかを訊《たず》ねたりしていた。

当初、ワイドショーでは、行方不明になった妻を探すけなげな夫という扱いだったが、事件から一週間経って様相が変わった。

レポーターがマンションの周辺に聞き込みをすると、喧嘩の絶えない夫婦だったという証言を何人かから聞いたと報じ、やがて妻を殺し、木曽の山中に埋めたという疑惑が持ち上がっていると言い出す局まであった。

だんだん情勢が変わっていった。

ワイドショーでは、次第に「疑惑の夫」という言葉が飛び交うようになった。警察の空気を察したマスコミがすぐに反応したのだ。

警察は任意とはいうが、警察署に呼んでの取り調べはほとんど被疑者扱いであった。取り調べの刑事の口調も強くなっていた。

「奥さんを殺してどこかに埋めたのではないか」

「とんでもない。そんなことしていません」

「レンタカーを借りるときも奥さんと諍いがあったようだな」

「たいしたことではありません」

「君はスナックの女性と親しくしていたようだが？」

「親しいといっても、変な関係じゃありません」

「その女性のことで、奥さんと揉《も》めたそうじゃないか」

「妻が誤解していただけです」

「郡上八幡に行こうと言いだしたのは君か」

「いえ、妻です」

「郡上八幡に行くのになぜレンタカーを借りたのだ？」

「中山七里に行ってみたかったからです」

「この前も、そんなことを言っていたな。なぜ、そうまでして中山七里に行きたかったのだ？」

「亡くなった父から中山七里の話を聞いていたのです」

「渓谷が素晴らしいと？」

「いえ。父が若い頃、『中山七里』という映画を観たそうです。長谷川伸の戯曲にあるそうですが、映画では市川雷蔵《いちかわらいぞう》が主演で。その主題歌を橋幸夫《はしゆきお》が唄っていました。父は酔うとよく橋幸夫の『中山七里』を唄っていたんです。父がどんなところか行ってみたいと常々言っていました。それで、私も一度、行ってみたいと思っていたんです」

「ずいぶんとってつけたような理由だな」

刑事は冷笑を浮かべた。

「ほんとうです」

「映画に出てくるというが、映画は江戸時代の話だ。その頃の中山七里とはまったく違っているんだ。そのことが……」

「そういうものではありません。そこに立てば、江戸時代を想像出来るのです。私にとっては父が行ってみたいと思っていた場所ですから、思い入れがあります」

「思い入れか。そのせいで、奥さんの身に不幸が襲いかかったとしたらなんとも皮肉なものだ」

刑事がぐっと顔を突き出し、

「別の狙いがあって中山七里に向かったのではないか」

と、きいた。

「違います」

警察は完全に疑っている。

「名古屋でレンタカーを借りて、まっすぐ中山七里に向かったのか」

「はい」

「レンタカーのガソリンの消費量や走行距離からして、途中どこかをまわってきたような形跡が窺《うかが》えるのだ」

「それは、名古屋で高速に入ったあと、分岐点で道を間違えて大幅にロスをしてしまったのです」

「どこを通ったんだ?」

「それは……」

悠木ははっきり思い出せなかった。

「どこか山の中に入っていったのではないか」

刑事が何を考えているか想像がついて、

「山の中?」

「違います」

と、思わず叫んだ。

「奥さんの母親は君を疑っていた」

「なんですって」

「君が美紗を殺してどこかに埋めたに違いないって」

「あの母親は妻とは絶縁状態なんですよ。それに、私のことをよく思っていないんです」

美紗は母親とふたり暮らしだった。母親は悠木との結婚に大反対した。というのも母親が選んだ結婚相手が、資産家の息子だったからだ。美紗より十五歳年長で、離婚歴があり、子どもがふたりいた。

母親は金のためだけに美紗をその男といっしょにさせようとしていたのだ。だから、悠木のことを恨んでいた。

そのことを言うと、刑事は首を横に振り、

「母親の言い分は違っていた。君には怖いところがあるから、結婚相手にふさわしくないと思って反対したそうだ」

「違います。あのひとは自分のことしか頭にないんです。娘の仕合わせより、自分が第一なんです。だから私を恨んでいるんです」

「よく奥さんの母親の悪口を言えるな」

「妻がそう言っていたんです」

「そんなことはどうでもいい。いずれにしろ、奥さんの母親は君を疑っているのだ」

「…………」

「奥さんを早く出してやらないと、可哀《かわい》そうだと思わないか」

刑事がふいにきいた。

「えっ？」

「もし、どこかの土の下にいるなら早く出してやって、ちゃんと供養してやったらどうだ」

「私は殺してなんかいない」

悠木は叫ぶ。

「じゃあ、どこにいるんだ?」

「たまたま通りがかった車が妻を連れ去った可能性もあります。あの時間帯に通った車を探してください」

「どこかに監禁されているというのか」

「そうです。妻は美人です。通りがかった車の運転手が妻を無理やり乗せて……」

悠木はおぞましい想像に狂いそうになりながら訴える。

「その可能性も考え、あの道を通る車を止めて聞き込んだ。だが、通りがかりの車が女性を誘拐したような形跡はなかった。監禁していたとしても、大人ひとりを閉じ込めておくのはたいへんなことだ。近所も気づくだろう」

「山の中の一軒家はどうですか」

「そんな場所を知っているのか」

刑事が鋭い目になった。

「そうじゃありません。そういうところに……」

「まあ、きょうはここまでにしよう。また、明日来てもらう」

刑事は取り調べを打ち切った。

悠木が立ち上がると、

「もうしばらくホテルに滞在していてもらいたい。出ていくときはその前に警察に連絡を」

「逃げるとでも思っているのですか」

「いや」

刑事は微かに笑い、

「外はマスコミでいっぱいだ。裏口から出たらいい」

「いえ、構いません」

ワイドショーでもなんでも悠木の姿がテレビに映れば、美紗の目に入るかもしれない。

警察署の外に出るとマスコミの数がいつもより多かった。

「奥さんはどこにいるのですか」

マイクを持ったレポーターらしき男が近づいてきいた。

「どこに？」

悠木は立ち止まってきき返す。

「ご存じでは？」

「まだ行方はわかりません」

「でも、ほんとうはご存じなのでは？」

「なに言っているんですか。まだ見つかっていないんです」

悠木は苛立《いらだ》って言い、マスコミから逃れるようにしてホテルに戻った。

その頃には、マスコミが連日のように滞在しているホテルに押しかけるようになった。

警察からしばらく留《とど》まるように言われていたが、このままではホテル側に迷惑がかかるので引き払おうと思った。

滞在中親身になってくれたホテルのマネージャーにわけを話すと、

「じつは警察から悠木さまがチェックアウトなさるときは、知らせるように言われているのです」

「知らせるのですか」

「警察の頼みですから」

そう言ったあとで、マネージャーは付け加えた。

「私の知り合いにいい弁護士がおります。もし必要ならご紹介いたしますが」

「弁護士……」

「念のために連絡先を書いておきました」

マネージャーはメモ用紙を寄越《よこ》した。名古屋弁護士会の渡部威一郎という名前と電話番号が記されていた。

翌日も朝早く、警察が悠木を迎えに来た。

「すみません。きょう、ここを引き払っていったん東京に戻りたいのです」

悠木が言うと、刑事は答えた。

「申し訳ありません。きょうもまた警察のほうにご足労願いたいのですが」

「ずいぶん東京を留守にしていますので、いったん帰ります」

「それは困ります」

「任意の聴取でしょう。それに、警察に行ったって何の進展もないじゃありませんか。行っても無駄です」

「東京に戻れば逃亡と見なされますよ」

刑事は理不尽なことを言う。

「逃亡ですって。なんで、私が逃げなきゃならないんですか。警察が勝手に私に疑いをかけているだけじゃないですか」

悠木は憤然と言い、チェックアウトを済ませた。

ホテルのロビーを出たところで、刑事が立ちふさがった。

「すみませんが、行かせるわけにはいかないのです」

「手掛かりが見つかったらまた来ます。それまで東京で待機します」

悠木は強気に出た。

「仕方ありません」

刑事は用意していた紙切れを悠木の目の前で広げ、

「悠木良二、逮捕状だ。悠木美紗殺害及び死体遺棄容疑で逮捕する」

と、口調を変えて言った。

「逮捕？」

悠木は耳を疑った。

「なぜ、私が逮捕されなきゃならないんですか。私が妻を殺すはずないでは……」

「弁明は警察で聞く」

悠木は手錠をかけられ、警察の車両に乗せられて警察署に向かった。

裏口から建物に入り、取調室に連れていかれた。

そこで、手錠を外され、名前や住所などを改めてきかれた。

それに答えると、

「奥さんを殺し、その死体を遺棄した容疑で捕まったのだが、何か弁解することはあるかね」

と、刑事がきいた。

「私が妻にそんなことするはずないでしょう。でたらめですよ」

「容疑を認めないというのだな」

「もちろんです」

弁解録取書の作成のために逮捕状の被疑事実についてきかれ、悠木は憤然と否認した。

「わかった」

刑事は頷き、

「弁護人をつけたければ、警察から連絡してやるが……」

悠木はとっさにホテルのマネージャーにもらったメモ用紙を思い出した。

「連絡してください。名古屋弁護士会の渡部威一郎さんです」

そう言い、

「この先生です」

と、悠木はメモ用紙を渡した。

「名古屋か」

岐阜県にもいい弁護士がたくさんいるのにという顔つきで、刑事は呟いた。

それから弁解録取書に署名指印をしたあと、十指すべての指紋をとられ、顔写真を撮られ、留置係に引き渡された。

身体検査のあと、所持品を預け、ズボンのベルトも抜きとられて留置場に入れられた。

その日の午後、渡部弁護士が来てくれた。取り調べの合間に接見した。

渡部威一郎は五十代半ば過ぎの精力的な感じの弁護士だった。悠木の話を熱心に聞いてくれ、その後も名古屋から会いに来てくれた。

美紗がいなくなってから一カ月経ったが、手掛かりは何もなかった。渡部弁護士の尽力もあって、悠木は勾留期限間際に不起訴処分で釈放された。

渡部弁護士は美紗が車酔いをする体質ではなく、国道四一号も車酔いを引き起こすような道路ではない。それなのに気持ち悪くなったのは美紗の芝居だとし、いまだに姿を見せないのは自らの意思で姿を晦ましたからだと主張した。

これに対して警察は、美紗が気持ち悪くなって車から降りたというのは悠木の作り話で、別の場所で殺して埋めた可能性を否定できないとした。その根拠として、レンタカーの走行距離をあげた。名古屋から中山七里までの走行距離より十キロほど多く走っているのはどこか別の場所を走ったからだとした。高速道路を間違えたというのも言い訳に過ぎない。

レンタカーにドライブレコーダーがついていれば信じてもらえたかもしれないが、二十四年前は搭載されていないのがふつうだった。

結局証拠不十分で不起訴処分になったが、疑惑はついてまわり、東京に帰ってもマスコミに追いかけられ、勤めていた会社もやめざるを得なかった。

美紗の母親に会いに行ったが、母親は悠木を人殺し呼ばわりした。もともとよく思われていなかったが、母親の態度から、美紗から何の連絡もないことがわかった。

悠木には美紗と自分をつなぐものは郡上おどりだという思い込みがあった。美紗は郡上おどりに憧れていたのだ。

悠木はそのことに賭けた。毎年、お盆に郡上八幡に行き、徹夜おどりにやって来る観光客に美紗の顔を探した。そして二十三年目の去年、ついに美紗にそっくりな女性に巡り逢《あ》えたのだ。

紺の浴衣に下駄を履き、楽しそうに踊るその女性の顎に黒子を見た。黒子は美紗と同じ場所にあった。

だが、若かった。二十代と思える女性が美紗であるはずはなかった。美紗がいなくなったときの年齢と同じぐらいだった。

まさか。美紗の娘では……。そう思ったが、声をかける機会がなく、そのうち見失ってしまった。

それで今年に賭けた。彼女はやって来た。思い切って声をかけたが、警戒された。偶然に再会した鶴見弁護士にきいてもらったところ、彼女の母親には黒子はなく、名前も違った。

それでも悠木は諦められなかった。なんとか、あの女性の住まいを知りたいと、鶴見弁護士と別れたあとで、彼女たちが泊まった旅館に行き、宿泊名簿を見せてもらおうとした。だが、見せてもらえなかったし、住所を教えてもくれなかった。ただし、来年も予約が入っていることだけは教えてくれた。

来年……。今の悠木にとって一年は大きかった。それまで、癌《がん》に蝕《むしば》まれた体が持つかどうか。

4

郡上八幡にもう少し残るという悠木良二と別れ、京介は郡上八幡駅から長良川鉄道に乗り、美濃太田駅で乗り換えて名古屋に戻った。

渡部威一郎に電話をすると、会ってくれるという。渡部はお盆休みをとっていたが、事務所で会うことになった。

名古屋駅から地下鉄を乗り継いで市役所駅で降りる。

市役所や県庁などの並びにあるビルの六階が渡部威一郎法律事務所だった。閑散としたビルのエレベーターで六階に上がる。

約束の時間より早かったが、すでに渡部は事務所に来ていた。

窓の外に名古屋城が見える会議室で、渡部と差し向かいになった。

「先日はごちそうさまでした」

「いや、なあに。それより、悠木良二のことだそうだが」

渡部は不審そうな顔をした。

「はい。じつは郡上八幡で悠木さんとお会いしました」

「悠木くんが郡上八幡に……」

渡部は微かに眉根を寄せた。

「はい。昨夜の徹夜おどりの会場で見かけました。そのときは私の列車の事情で声をかけられなかったのですが」

と、京介は経緯を説明し、

「今朝会ったとき、悠木さんは若いふたりの女性のあとをつけ、声をかけていました。そのうちのひとりの女性に用があったのです」

様子を説明し、

「その女性は行方不明の奥さんにそっくりなんだそうです。ただ、二十三、四歳なので、娘ではないかと思ったようです」

「………」

「奥さんの写真を見せていただきましたが、確かに似ていました。その若い女性の顎にも奥さんと同じように黒子がありました。ただ、その女性に訊ねたところ、母親には黒子はなく、名前も違っていました」

「そうか、違っていたか」

「でも、悠木さんはまだ納得していないようです」

「そうか。それにしても、彼がいまだに郡上八幡に行っていたとは驚いた」

「ご存じだったのですか」

「十年目にこれで最後にすると言っていたんだ。まさか続けていたとは……。この前会ったときにはそのようなことは何も言っていなかった」

　渡部は表情を曇らせた。

「どこかで生きていると信じているのですね。悠木さんは、奥さんがどうしてあの場所からいなくなったのか、そのわけが知りたいと言ってました。そうじゃないと、一歩も先に進めないと苦しそうでした」

「うむ」

「二十四年間、奥さんを思い続けていたんです」

　京介は痛ましげに言い、

「悠木さんから、今お話しした若い女性の住まいを調べてほしいと頼まれました。どうしても他人の空似とは思えないそうです。せめて、その女性の母親が奥さんの美紗さんかどうか、それだけでも探ってもらえないかと」

「悠木くんは君に何を期待したのだろうか」

「おそらく、弁護士なら旅館の宿泊名簿を見られると思ったのでしょう」

「無理だ」

「はい」

「引き受けたのかね」

「いえ。でも、引き受けなかったことが心に引っ掛かっているんです。二十四年前に女性失踪事件が起こり、未解決のままなのは紛れもない事実です。でも、事実を調べることで新たな不幸に発展しないか、そのことも気になります」

「難しい問題だ」

「先生は、奥さんの美紗さんは自らの意思で失踪したとお考えなのですね」

「わからない。ただ、私は悠木くんが殺人の疑いで起訴されることを防ぐために、あえて奥さんの自作自演を訴えた。それも完全には否定出来ないので、検察は起訴出来なかったのだ」

「では、必ずしもそうだとは思っていないと？」

「うむ。すでに死んでいる可能性も否定出来ない」

渡部は厳しい顔をした。

「まさか、悠木さんを疑っているのでは？」

「いや、違う。悠木くんはほんとうのことを話しているはずだ。国道四一号の中山七里の途中で奥さんを車から降ろした。悠木くんがUターンをして戻ってきたとき、奥さんの姿はなかった。考えられることはひとつだ」

「通りがかりの車に乗ったということですね」

「そうだ。ただ、自分の意思ではなく、連れ去られたのではないか。若く美しい女がガードレールのところで佇《たたず》んでいるのを見た後続の車の人間が、強引に車内に引っ張り込んだ。車に乗っていたのはひとりではない。運転手の他にひとりかふたりいたはずだ。車はそのまま国道四一号を北上した。だから、Uターンをして戻ってきた悠木くんの車とすれ違った可能性がある」

「………」

「奥さんを連れ去った複数の男がどこかで乱暴し、死なせてしまった。そして、どこかの山中に埋めた。そう考えると、死体が埋められているのは警察が考えた範囲外ということが考えられる」

「二十四年間も見つからずに済むでしょうか」

「あるいは何年か後に白骨死体となって発見されたとしても、場所的に言って悠木くんの奥さんとは結びつかなかったということも考えられる」

「当時、そのことを警察には話したのですか」

「可能性ということで話した。だが、警察は悠木くんを疑っていたから聞く耳を持たなかった」

「先生は、すでに死んでいると考えていらっしゃるのですね」

「生きていたら、悠木くんに連絡を寄越すはずだ。母親にも知らせはない。もっとも、母親とは仲違《なかたが》いをしていたようだから連絡はしないかもしれないが……」

「そのことは悠木さんには？」

「話したことはある。だが、彼は受け入れなかった」

「悠木さんはあくまでも奥さんは生きていると信じているのですね」

「そうだ。だから、彼は心の底では、奥さんは自分の意思で失踪したと思っているのではないか。だが、一方ではそのことを認めたくないのだ」

「当時、警察が悠木さんを疑った一番大きな理由は、なんだったんでしょうか」

「夫婦仲がよくなかったという近所の評判と、やはり奥さんの母親の証言が大きかったのだろう。そしてレンタカーの走行距離だ。どこかに寄り道をしているという判断だ」

　さらに、渡部は続けた。

「それから中山七里を通った理由に説得力がなかったのだろう。芝居好きな人間が取り調べていたらわかってもらえたかもしれないがな」

「どんな理由だったのですか」

「君は『中山七里』という長谷川伸の戯曲を知っているか」

「いえ」

「私も知らなかった。ただ、歌手の御三家のひとり、橋幸夫に『中山七里』という持ち唄がある。それで中山七里を知っていたが、長谷川伸の戯曲が元になっているとは知らなかった」

「………」

「悠木くんは亡くなった父親から中山七里の話を聞いていたそうだ。父親は若い頃に『中山七里』という映画を観たそうだ。映画では市川雷蔵が主演で、その主題歌を橋幸夫が唄っていた。父親は酔うとよく『中山七里』を唄っていた。中山七里とはどんなところかと、父親は常々言っていたそうだ。そういうことがあったので、郡上八幡に行く機会を得て、通ることにしたということだ」

「そうだ」

「警察や検察は、とってつけたような理由だと思ったのですね」

「でも、検察が不起訴処分にしたのは証拠不十分という理由だけだったのでしょうか」

「というと？」

「他の可能性もあると考えたのではないかと。先生が仰《おつしや》った、後続の車の人間によって連れ去られたということも考えていたのではないかと思いまして」

「さあ、どうかな。警察は悠木くんの犯行に間違いないと思っていたからね。検事は別の考えを持っていたかもしれないが。まあ、いずれにしろ、警察は死体が出ない限り、動くことはない。事件は迷宮入りということだ。今は悠木くんがひとりで騒いでいるだけということになる」

「そうですね。悠木さんのことはどうしたらいいのでしょうか」

「私にもわからない」

渡部は困惑した顔で言う。

「このままでは来年もまた郡上八幡に行くと思います。再来年も」

そこまで言って、京介ははっとした。

悠木の気になる言葉を思い出したのだ。

私に残された時間は少ないのです、と悠木は真剣な顔で言っていた。

「先生」

京介は呼びかけた。

「悠木さんは痩せていらっしゃいますが、昔からスマートな体形だったのですか」

「いや、がっしりした体つきだった。今年の春、『冤罪被害を考える会』の参加呼びかけで久しぶりに会ったが、痩せていたので驚いた。病気をしたと言っていたから、そのせいで痩せたのだろう」

「病気？　何の病気ですか」

「胃潰瘍《いかいよう》だとか言っていたが……。それがどうした?」

渡部が不審そうにきいた。

「悠木さんはこう言ったのです。私に残された時間は少ないのです、と」

「まさか……」

渡部は顔色を変え、

「重い病気なのか」

「わかりません。でも、動き回れる体力はあったようです」

そうは言ったものの、病気が進行していっていることも考えられる。

「癌で、余命を宣告されているとも考えられるな」

渡部は顔を歪め、

「私より三十も若いのに」

余命が少ないのなら、悠木の希望を叶《かな》えてやるべきか。少なくとも、奥さんに似た若い女性のことを調べてやるべきか。

「二、三日のうちに、『冤罪被害を考える会』に来てもらった礼の電話を入れるつもりだ。そのとき、いろいろ話してみる。場合によっては改めて君にお願いすることがあるかもしれないが」

「わかりました。なんでも申し付けてください」

「そうだ。さっきの話だが、検事はどう思っていたかということだ」

渡部は思い出したように続ける。

「あの事件の担当だった末永《すえなが》検事は、今は弁護士に転身している」

「弁護士になっているのですか」

「東京で法律事務所を開いている。確か第一東京弁護士会だった。もし、悠木くんのことで気になることがあれば、話を聞きに行ったらどうだね」

「わかりました」

その後、とりとめのない話をして、京介は辞去した。

渡部はドアまで見送ってくれた。

「いろいろありがとうございました」

「柏田さんによろしく」

「はい。失礼します」

京介は挨拶をし、エレベーターに向かった。

東京に帰って数日後の夕方、京介は西新宿のビルにある末永義一《よしかず》法律事務所を訪ねた。

弁護士会の事務局に電話をして場所を聞いたのだ。

事務員がすぐに末永弁護士の執務室に通してくれた。

執務机に向かっていた肩幅の広い五十代半ばと思える男が立ち上がり、机をまわって目の前にやって来た。

「先ほどは電話で失礼いたしました。鶴見京介です」

京介は名刺を差し出した。

「末永です。どうぞ」

白髪の目立つ末永は応接セットを指し示した。

「失礼します」

京介は腰を下ろし、末永と向き合った。

「まさか、二十四年前のこととは正直驚きました」

末永が笑みを浮かべて言う。

「申し訳ありません」

京介は頭を下げる。

「私が岐阜地検にいるときです。あの事件のあと、東京に転勤になったんです。よく覚えていますよ。事件の容疑者だった悠木良二を不起訴処分にせざるを得なかったことで、悔しい思いをしましたからね」

懐かしそうに言ったあとで、

「それにしても、なぜ？」

と、末永はきいた。

「じつは先日、悠木良二氏にお会いしました」

「悠木良二にですか」

末永は遠くを見るように目を細める。

そのとき、事務員がアイスコーヒーを運んで来た。

「すみません」

京介が礼を言う。

「元気でしたか」

「ええ、まあ」

頬のこけた顔を思い出して、京介は曖昧に答える。

「とうとう奥さんは見つからなかったようですね」

「はい。でも、いまだに探しているようです」

「探している？」

末永は不思議そうな顔をした。

「毎年、郡上八幡の徹夜おどりに行っているんです。奥さんがいつか現れると信じているようです」

「そうですか」

末永の表情が曇った。

「何か」

京介は気になってきいた。

「いえ、先日ジャーナリストが訪ねてきたことが……。で、私にききたいこととは？」

「悠木良二は不起訴処分になりました。それは証拠不十分だからですか。それとも、他の可能性も考えられたからですか」

「証拠不十分です。もっとも大きかったのは死体が発見されないということでしたね。どうぞ」

そう言い、末永はアイスコーヒーにミルクを入れた。

京介はブラックのまま飲む。

「なぜ、悠木良二を疑ったのでしょうか」

「ふたりの仲がうまくいっていなかったことが一番大きかったでしょうか。奥さんの母親は、娘は別れたがっていたと話していましたからね」

「でも、母親と奥さんの美紗さんはうまくいっていなかったそうではありませんか」

「それは、悠木良二の言うことであって、母親はそんなことは言ってませんでした」

「でも、母親は自分の望む結婚相手でなかったことに怒って……」

「そういう事実はないと母親は言ってました」

「………」

「それから、乗り物酔いをした奥さんを車から降ろしたということですが、奥さんは乗り物酔いなどするような体質ではなく、あの国道四一号で酔うことも考えづらいのです。あの時間帯に車で通ったひとを見つけ出し、何人かにききましたが、当然のことながらほとんどのひとは悠木良二の車を見ていません。ですが、たったひとりだけ、対向車で『わ』ナンバーの車を目撃したひとがいました。そのひとは、助手席には誰も乗っていなかったと言っているんです。つまり、悠木良二は国道四一号をひとりで走っていた可能性が大きいのです」

「奥さんを降ろしたあとにすれ違ったのでは？」

「それでしたら、ガードレール際にいる奥さんの姿を当然目にしているはずです。誰も見なかったそうです」

「つまり、奥さんを殺し、死体をどこかに埋めたあと、ひとりで車を運転して国道四一号を走ったと考えたのですか」

「そうです。ただ、死体が発見されないことがネックでした。悠木良二は取り調べでも頑として否定していました」

　末永は苦いものをかみ砕いたかのように顔をしかめた。

「なぜ、死体が発見されなかったのでしょうか」

「わかりません。レンタカーの走行距離からして、名古屋からそれほど遠くには行っていないと思うのですが……」

「死体はいまだに発見されていません」

「不思議です」

末永は首を傾《かし》げた。

「奥さんは生きているのではありませんか」

「自ら失踪したと言うのか」

末永は首を横に振り、

「その可能性はない」

「なぜ、言い切れるのですか」

「あの場所から失踪したとして、通りがかりの車に乗せてもらったとは考えにくい。そうだとしたら、騒ぎになっているのだから名乗り出るはずではないか。それがないとしたら、手助けする者がいたことになる。悠木良二の車のあとをつけて行き、車から降りた奥さんを乗せてそのまま逃走したというわけだ」

末永は息継ぎをし、

「しかし、それはない。手助けをする人間がいたとしたら、奥さんの恋人かなにかだろう。だが、奥さんの周辺にはそういう人物はいなかった。確かに、独身時代に付き合っていた男はいた。だが、その男にはアリバイがあった。それに、悠木良二もあとをつけてくる車にはまったく気づかなかったと言っている。名古屋から同じ車両がずっとバックミラーに映っていたら不審に思うはずだ。はっきりとはわからなくとも、何らかの違和感を持つのではないか」

「悠木さんは奥さんが生きていると信じ、いまだに探しています。もし、自分が殺したのなら二十四年間も探し続けないのではありませんか」

「彼は……」

末永は言いさした。

「なんでしょうか。どんなことでも仰ってくださいませんか」

「なら、言おう。だが、これはあくまでも私の個人的な推測でしかない。そのつもりで聞いてもらいたい」

「はい」

「悠木良二は奥さんが邪魔になったわけではない。奥さんのほうが悠木良二との暮らしに堪えられなくなっていたのだ。悠木良二は奥さんが自分と別れ、昔の恋人とくっつくのではないかと邪推し、それからノイローゼ状態になったのではないか。その末の犯行だった」

「………」

「悠木良二は奥さんを殺してどこかに埋めた。だが、彼はその記憶を失っているのではないか。彼の中では、奥さんが失踪したという事実だけが頭にあるのだ」

「自分が殺して埋めた場所を忘れて、二十四年間も奥さんを探し続けているというわけですか」

「二十四年間も探し続けていること自体、異様だ。奥さんへの執着心で精神に異常を来しているのではないか」

「そんなことがあり得るのでしょうか」

「一度、精神科を受診させたらどうかね」

「信じられません」

「もし、彼の精神が正常なら、もうひとつ考えられる」

「それは」

京介は思わず前のめりになる。

「背景にあるのが公訴時効の撤廃だ。刑事訴訟法の改正で最高刑が死刑になる事件の時効が撤廃されたのは二〇一〇年だ。悠木良二の事件は時効が成立している。奥さんの死体が発見されても、彼を訴追出来ないのだ。そのことを承知していても、罪を犯したと知られるのがいやで、妻は生きていると予防線を張っているのではないか」

「まさか」

京介はあくまでも、悠木良二への疑いを消そうとしない末永に啞然とした。

「末永先生はあくまでも、悠木良二が奥さんを殺したといまだに信じているのですね」

「もちろんです」

「そうですか。わかりました。いろいろありがとうございました」

京介は立ち上がって礼を言う。

「何かわかったら知らせてください」

末永は笑みをたたえて見送った。

外は薄暗くなっていたが、厳しい暑さはまだ衰えを知らなかった。京介は末永が徹底的に悠木良二を疑っていることに衝撃を受けた。いったい、真実はどこにあるのか。京介は仕事でもないのに気になってならなかった。だが、自分に何が出来るか、それがわからない。

第二章　弁護依頼

1

八月下旬の朝、京介は事務所に出た。すでに事務員が出勤していてクーラーをつけてくれていたので部屋はひんやりしている。

自分の執務室に入り、机に今抱えている民事裁判の資料を広げた。

ノックの音とともにドアが開いて、事務員がコーヒーを淹《い》れて持って来てくれた。

「どこに置きましょうか」

書類を広げた机を見て、事務員はきいた。

「ありがとう」

京介は礼を言って、書類を端《はじ》に寄せた。

「ここに」

「はい」

事務員が去ってから、京介はコーヒーを飲みながら悠木良二のことを考えていた。

元検事の末永弁護士は、悠木良二は自分が殺したという記憶だけが飛んでいるのではないか、あるいは、すべてを承知していて、死体が発見されたときのために演技をしているのではないかと言う。

ある特定の記憶だけが失われることがあるのだろうか。

卓上の内線電話が鳴り、京介は受話器を摑《つか》んだ。

「手が空いたら、来てくれ」

事務所の所長である柏田四郎からだった。

「はい。今、お伺いいたします」

京介はコーヒーを飲み干してから席を立った。

柏田の執務室のドアをノックする。

「入りたまえ」

柏田の声がした。

「失礼します」

京介は部屋に入った。

柏田は執務机の前に座ったまま、京介を見上げた。鬢《びん》は白くなり、それが顔の皺《しわ》と相《あい》俟《ま》ってそれなりの風格を醸し出していた。

「じつは蘭子くんから連絡があった」

柏田は切り出した。

「蘭子さんから」

京介は胸が騒いだ。

「来月、一度、日本に帰ってくるそうだ」

「一度、帰る？」

「今、向こうで暮らしているのだ。で、来月帰ってきたら、ぜひ会いたいそうだ」

なぜ、自分に直《じか》に連絡を寄越さないのだろうか。

「彼女は向こうで何を？」

「そのことで、君に直に説明したいそうだ」

「結婚したのですか」

「………」

柏田からすぐに返事はなかった。

京介は胸が締めつけられた。柏田の無言がすべてを物語っているような気がした。

「鶴見くん。君はまさか、彼女のことが……」

柏田が言いさした。

ちょうど電話が鳴ったので、柏田は受話器に手を伸ばした。

「失礼します」

京介は柏田に頭を下げ、ドアに向かった。

自分の部屋に戻ったが、京介の心は深く沈んでいた。やはり、蘭子は結婚したのだ。婚約していながら俺と……。やりきれなかった。

目の前の電話が鳴った。受話器をとると、すぐ事務員の声が聞こえた。

「神崎《かんざき》祥子《しょうこ》さんというお方からお電話です」

「神崎祥子さん……」

「郡上八幡でお会いしたそうです」

「あっ」

京介は思い出し、

「繋《つな》いでください」

と、あわてて言った。

すぐに電話は神崎祥子に代わった。

「はい。鶴見です」

「郡上八幡の駅前でお会いした神崎祥子です。覚えていらっしゃいますか。ふたり連れのひとりです」

「覚えていますよ」

声はショートヘアの勝気そうな印象の女性だった。

「少し、お話があるのですが」

「話？」

京介は驚いて、

「あのときの件ですか」

「はい。事務所までお伺いします」

「今、どちらですか」

「虎《とら》ノ門《もん》の駅を出たところです」

「じゃあ、そこから……」

事務所の場所を教えた。

三十分後、祥子はやって来た。途中、道に迷ったという。ショートヘアはそのままだったが、勝気そうな印象はなかった。

打ち合わせ室で向かい合い、さっそく京介は切り出した。

「お話というのは？」

「はい。智美《ともみ》のお母さんのことをお訊《たず》ねでしたね」

「あの女性は智美さんとおっしゃるのですか」

「はい。丸川《まるかわ》智美です」

祥子は答えて、

「あのときの男のひとは、智美が同僚の女性に似ているということでしたね」

「ええ」

「それはほんとうのことなんですか」

祥子は鋭くきいた。

「と、言いますと？」

「同僚の女性に似ているというので声をかけてきたにしては、あの男性、とても険しい表情でした。とても懐かしさに駆られて声をかけたようには思えませんでした」

「………」

京介は祥子の鋭さに舌を巻いた。

「驚きました。よく、そこまで見ていらっしゃいましたね」

「じゃあ、やっぱり違うんですね」

「ええ」

「そうですか。ほんとうのところは何なんですか」

「あなたがここにいらっしゃったのは、丸川さんもご存じなのですか」

「いえ、私の一存です」

「なぜ、ご自分の一存で？」

「その前に教えていただけませんか。なぜ、あのひとは智美のお母さんのことを知りたがっているのですか」

「それは……」

京介は困惑した。

悠木良二の過去を教えていいものか。

「あのひとは悠木さんというのでしょう」

祥子が言った。

「どうして、そのことを?」

京介は思わず目を見開いた。

「あのひとが私たちに声をかけたとき、最初に名乗ったんです。悠木と言いますがって」

「そうでしたか」

聞いてみればなんでもないことだが、祥子は悠木良二の奥さんの件を知っているのかと思って驚いたのだ。

「悠木さん、その他に何か仰ってましたか」

「いえ、何も。ただ、妙に真剣な表情だったので、ちょっと無気味でした」

祥子がわざわざ訪ねてきたのは、智美に関する何かを伝えに来てくれたのだろう。今日は依頼人がやって来るまで、あと三十分ぐらい時間があった。

「お話ししましょう」

京介は改まった。

「じつは悠木さんの奥さんは二十四年前の郡上おどりの日、郡上八幡に向かう途中、行方不明になってしまったのです」

「行方不明……」

祥子は顔色を変えた。

「当時、悠木さんは二十八歳、奥さんは二十三歳でした。東京から新幹線で名古屋に着き、そこからレンタカーで中山七里経由で郡上八幡に向かっていました……」

奥さんの行方がわからなくなった経緯を、祥子は固唾《かたず》を呑《の》んで聞いていた。悠木が奥さんを殺した疑いで逮捕されたということには唖然としていた。

「証拠不十分で不起訴になりましたが、悠木さんには事件が終わることはありませんでした。奥さんを探し続けているのです」

「…………」

「奥さんは郡上おどりに憧れを持っていたのです。そこに行く途中で姿を消した。でも、生きていれば必ず郡上おどりにやって来る。そう信じて、毎年郡上おどりの期間、郡上八幡に行って奥さんが来るのを待っていたのです」

「じゃあ、今年も？」

「そうです。二十四年間も」

「まあ」

祥子は驚きの声を上げた。

「去年の郡上おどりもあなた方は行ったのですね」

「ええ、行きました。悠木さんも去年……」

「そうです。去年の郡上おどりで智美さんを見かけたと言っていました。奥さんの若い頃にそっくりだったそうです。ところが、見失ってしまった。旅館を一軒一軒訪ね、泊まった宿を見つけたものの宿帳を見せてくれなかった。ただ、宿の主人は来年も来ると言ったそうです。それで一年待って今年に賭けたのです」

「そんなに智美は奥さんに似ていたのですか」

「写真を見せてもらいましたが、確かに似ていました」

「黒子のことも仰っていましたね」

「ええ。奥さんも顎に黒子があったそうです」

京介はそのときになって祥子が訪ねてきたわけに気づいた。

「あなたは、智美さんのお母さんに会ったことがあるのですか」

「はい」

「ひょっとして、お母さんにも黒子が？」

「あります。智美のお母さんの顎に黒子が。母娘って不思議ね。黒子の場所まで同じなんだからって、お母さんが仰っていたのを覚えています」

「黒子があったんですか」

京介は胸がざわついた。

「智美さんのお母さんはお幾つか、わかりますか」

「若く見えますけど、四十半ばぐらいかしら」

「顔は智美さんに似ているのですか」

「似ています」

「………」

京介は困惑した。

悠木の言うとおり、智美の母親は美紗である可能性がある。だが、そうだと決まったわけではない。

「名前は佐知子さんでしたね」

「そうです」

「家はどちらですか」

「愛知県の清須《きよす》市です」

「清須……」

愛知県は郡上八幡のある岐阜県と隣接している。中山七里から姿を晦ました悠木の妻美紗は清須市にいたというのか。

「清洲《きよす》城近くにある老舗の和菓子屋さんです」

「和菓子屋ですか」

「智美のお父さんは菓子職人で、お母さんはお店に出ています」

「他に家族は？」

「お祖父《じい》さんがいます。智美はひとりっ子です」

「五人家族ですか」

京介は迷った。このことを悠木に言うべきか。言えば、必ず会いに行くに違いない。もし、行方不明になっていた美紗なら、今は別の生き方をしているのだ。智美の様子からも仕合わせに暮らしているだろうことが窺《うかが》える。

そんなところに、悠木が訪ねたらどうなるのか。

家庭を壊すことになりかねない。それに、悠木には可哀そうだが、今さらどうすることも出来ないだろう。

悠木は、美紗がなぜ自分の前から姿を消したのか、あのとき、何があったのかを知りたいだけだと言う。

悠木の気持ちはわかる。だが、美紗はどうだろうか。悠木はもっとも会いたくない人間ではないか。とうに忘れ去った人間ではないのか。

ただ、悠木に告げるかどうかは別として、智美の母親が美紗かどうか、確かめたいと思った。

「和菓子屋の名前はなんというのですか」

京介はきいた。

「行かれるのですか」

「念のために遠くからでも……」

会うかどうかはともかく、母親の顔を見てみたい。

「『清洲最中《もなか》本舗』です」

「『清洲最中本舗』ですね」

京介は復唱してから、

「智美さんも清須に？」

「いえ、東京にいます。綾瀬《あやせ》に住んでいます」

「智美さんにはしばらく黙っていていただけますか。まだ、ふたりが同一人物だと決まったわけではありませんので」

「わかりました」

祥子ははっきり応じ、

「いつ行かれるのですか」

と、きいた。

「今週の土曜日にでも行ってみようかと」

「結果を教えていただけますか」

「ええ。ただ、私でははっきりした答えは出せないでしょう。ですから、場合によっては悠木さんを案内することも……。もちろん、相手のご家庭に波風を立てるようなことはあってはなりませんが」

もし、智美の母親が悠木の妻美紗であれば、悠木は彼女に会って事情をきく権利はある。悠木の望みは、なぜ自分の前から姿を消したのか、そのわけを知りたいだけなのだ。その悠木の言葉を信じて、智美の母親と会わせてもいいと思った。

ただ、不安もある。智美の母親がもし美紗だった場合、悠木の気が変わらないか。戻って来てくれと、哀願しないとも限らない。

しかし、今から心配しても仕方ないと、思いなおした。

京介は腕時計を見た。依頼人がやって来る時間が近づいて、

「すみません。来客があるので」

と、祥子に詫《わ》びた。

「あっ、すみません。先生が清須から帰られたころ、お電話を差し上げます」

そう言い、祥子が立ち上がった。

祥子と入れ代わって、依頼人がやって来た。京介は気持ちを切り換えて、新しい依頼人と向かい合った。

2

土曜日の朝、京介は名古屋で新幹線から東海道線に乗り換えて清須にやって来た。

きょうも猛暑だ。駅から炎天下に出て、清洲城を目指した。

清洲公園に着いた。川の向こうに清洲城が見える。五条川《ごじょう》を渡って、清洲城の下までやって来た。

その前を素通りして行くと、やがて『清洲最中本舗』の看板が目に入った。

『清洲最中本舗』は木造の店構えだった。

京介は店に入った。クーラーが効いている。ガラスケースに最中や団子などが並んでいた。最中は大きく、城の形をしていた。

店の奥に、テーブルが三卓あった。そこで、和菓子を食べることが出来るようだ。

店には中年の女性がいたが、店員のようだ。智美の母親は店に出ていないのか。京介

は四個入りの最中を指さして、

「これをひとつください」

と、店員に声をかけた。

「四個入りですね」

店員が確かめ、

「少々お待ちください」

と、暖簾《のれん》で仕切られた奥に声をかけた。

ふたり連れの新しい客が入ってきて、店員はその客の応対に向かった。さらに、客が入ってきて、狭い土間が賑《にぎ》わった。

暖簾をかき分けて、四十過ぎの鼻筋の通った美しい女が出てきた。智美によく似た顔立ちだ。母親の佐知子だろう。

「いらっしゃいませ」

京介の背中に戦慄が走った。女の顎に黒子があった。

最中の包みが出来て、金を払って包みを受け取る間も、軽い興奮を抑えきれずにいた。

店の外に出て、改めて振り返る。智美の母親は元気な声で客に礼を言っている。その顔から憂いのようなものは感じられなかった。

仕合わせそうだ。その明るい笑顔からは、二十四年前の失踪の過去など想像出来ない。

仮に、智美の母親が悠木の妻だったとして、その仕合わせに波風を立てるような真似《まね》をしていいものか。そう思う一方で、二十四年間も妻の帰りを待っている悠木のことを思うと哀れでならない。

京介は弁護士の使命を果たすときに自分に言い聞かせていることがある。それは、真実がすべてだということだ。

真実が必ずしもひとを救うとは限らない。それでも、真実が解決への道に通じる。そういう信念で、弁護士活動をしてきた。

迷ったら、自分の信念に従う。それが京介の行動規範だった。それなのに、今は迷った。真実がひとを不幸にするかもしれない。

しかし、智美の母親が美紗なら、彼女も二十四年前のことを現在も引きずっているかもしれない。また、現在の夫もわけを知っているのではないか。もしかしたら、ふたりで悠木を裏切ったのかもしれない。

京介は近所にある薬局に入った。

年配の男性が店番をしていた。

話のきっかけを作るために目薬を買い、

「今、最中を買ってきたのですが、きれいな女性がいましたね。あのお方はお店のご主人の奥さんですか」

「そう。いつまでもきれいだ」

男はうらやましげに言う。

「ご主人はどんなお方なのですか」

京介は好奇心を剥《む》き出しにしたようにきいた。

「菓子職人ですよ。不思議なんですよ。浩太郎《こうたろう》さんは奥さんを亡くして気落ちしていましたが、数年後に若い女性と再婚したのです。それが亡くなった奥さんによく似ていたのでびっくりしました」

「そうなんですか、再婚ですか」

京介はさりげなく、

「それにしても、亡くなった奥さんに似た女性とどこで知り合ったんでしょうか。すごい因縁を感じますね」

「名古屋だそうですよ。名古屋に出店《でみせ》を出すための打ち合わせに行った際に出会ったと、浩三《こうぞう》さんが話していました」

「浩三さんとは？」

「浩太郎さんの父親です。嫁が亡くなって浩太郎は魂の脱《ぬ》け殻《がら》になってしまったと、嘆いていましたよ」

話し好きらしい主人は続けた。

「その頃は店もだめで、浩三さんは店を畳もうとしていたようです。そこに、あの嫁さんが来たら浩太郎さんも元気になって。嫁さんが美人の上に働きもので、今ではあんな繁盛した店になって……。いらっしゃい」

客が入ってきて、主人は声をかけた。

「お忙しいところ、すみませんでした」

京介は目薬を受け取って薬局を出た。

こっそり、彼女に会ってみようと、また店を覗いた。

智美の母親が店番を代わり、さっきの店員はいなかった。

京介は素早く店に入り、母親の佐知子に向かった。

「さきほどの？」

笑みを湛《たた》えて佐知子がきいた。京介のことを覚えていたようだ。

「智美さんのお母さんですね」

京介は確かめる。

「ええ」

怪訝《けげん》そうに佐知子は見返し、

「智美のお知り合いですか」

「先日、郡上八幡でお会いしました」

京介は曖昧な言い方をした。

「ああ、郡上おどりで？」

「はい」

その言い方だと、悠木から声をかけられたことを智美は佐知子に話していないようだった。

「じつは智美さんの友人の神崎祥子さんの知り合いなのです。清洲城に行くと言ったら、智美さんのお店を教わったのです。さっき最中を買ったのですが、やっぱりご挨拶をしておいたほうがいいと思いまして」

京介は後ろめたさに胸が痛んだ。

「まあ、祥子さんの？　そうですか」

佐知子は目を見開く。

「お城には行かれたのですか」

「いえ、これからです」

「そうですか。ちょっとそこにおかけになりませんか」

「では、ちょっとだけ」

京介は壁際のテーブルに座った。佐知子は奥に声をかけ、さっきの店員に店番を任せ、自分は京介の向かいに座った。佐知子の顎に黒子を見た。

「失礼ですけど、お名前は？」

佐知子がきいた。

「失礼しました。鶴見です」

「鶴見さん……」

「はい」

「お仕事はなにを？」

「………」

弁護士バッジは外してある。

「ごめんなさい。いろいろきいて」

「いえ。弁護士です」

「まあ、弁護士さん」

そこまで嘘をつけない。

そこに、別の店員が抹茶を運んできてくれた。

「すみません」

京介は礼を言う。

「おかみさんは地元のお方ですか」

抹茶に口をつけてからきいた。

「名古屋です」

「名古屋はどちら？」

「実家は中村区というところにありました。中村公園の近くです」

佐知子はすらすら口にする。

「豊国《とよくに》神社があるところですね」

「あら、ご存じですか」

「一度行きました。豊臣秀吉を祀《まつ》ってあるそうですが、明治の創建なんですね」

「ええ……」

「東京に住まわれたことはあるのですか」

京介はためしにきいた。

「いえ。東京は旅行で行っただけ。大学は京都で、就職は名古屋。智美は私と正反対で東京に憧れていたので、大学も東京です」

「そうでしたか」

やはり、悠木の妻美紗とは別人なのかもしれないと思った。

「ご主人とは名古屋で？」

「そうです」

「おかみさんは郡上おどりにいらっしゃったことはあるのですか」

「いえ、一度も行ったことはないんです。行きたいとは思っているんですけど。でも、智美がすっかり郡上おどりに夢中になって」

佐知子は苦笑した。

「そうですか。智美さんたちは郡上おどりに二年連続で行かれたようですね」

「ええ、すっかり気に入ってしまったようで」

佐知子は穏やかな口調で言う。

その後、郡上八幡の話などをして、

「すみません。長々とお邪魔をして」

京介は帰りの挨拶をした。

「いえ。祥子さんにもまた遊びに来るようにお伝えください」

「わかりました」

京介は立ち上がった。

「きょうは清洲城のあと、どこか行かれるのですか」

「迷っているんです。中山七里に行ってみようかと」

京介はさりげなく言い、佐知子の表情を窺った。

一瞬の間があって、

「そうですか」

と、佐知子は答えた。

「中山七里をご存じですか」

「ええ、結構読んでいます」

どうやら同名の有名な作家のことと思ったようだ。

「いえ、飛騨川の渓谷です」

「あら、ごめんなさい」

佐知子は言う。

「ええ、行ったことはありませんが」

「あっ、おいくらですか」

「いいんですよ」

「いけません。ご商売の……」

「いいんです」

「すみません。では、ご馳走《ちそう》になります」

京介は店を出た。強い陽射しがまた襲ってきた。少し歩いただけで汗が出てきた。

佐知子は別人かもしれないと思った。確かに顔立ちは娘の智美に似ている。智美を見て、悠木は妻の美紗だと思ったのだ。

そうだとしても、母親の佐知子が美紗だということにはならない。そう思ったが、顎の黒子が気になった。

また、気持ちが揺れ動いた。だが、やはり美紗ではないだろう。佐知子は名古屋の中村区に実家があるとはっきり言っていた。

佐知子は『清洲最中本舗』の嫁になったのだ。当然ながら籍に入っているだろう。もし、美紗が悠木以外の別の男の籍に入ったなら同時に、悠木の籍からは抜けているはずだ。しかし、美紗の戸籍は移動していなかった。

やはり、佐知子が美紗ということはあり得ない。そう思おうとするそばから、また別の考えが生まれてきた。

なぜ、佐知子は見も知らぬ京介を祥子の知り合いというだけで歓待してくれたのか。

まさか、と京介ははっとした。

佐知子は智美から郡上八幡でのことを聞いていたのではないか。弁護士だから、自分を訪ねてくるかもしれない。そう思って待ち構えていたのではないのか。

佐知子は自分の実家のことまで口にした。悠木美紗でないと先回りして訴えようとしたのではないか……。

考え過ぎか。

ただ、気になるのは中山七里の名を出したときだ。あのときの反応がわざとらしく思えなくもない。

疑いの目でみれば些細なことでも疑わしく見えるものだが……。

悠木良二に会わせようか。

清洲城を見学しながら、そのことを考えていた。やはり、悠木に確かめてもらおう。ただし、確かめるだけだ。悠木が直接佐知子に会いに行こうとしたら引き止めるつもりだった。

日陰に入って、悠木良二の携帯に電話した。

何度も呼出し音が鳴っている。諦めて切ろうとしたとき、声が聞こえた。

「はい。悠木です」

「鶴見です。じつは今、郡上八幡で会った女性の実家の近くにいます。悠木さんが声をかけた若い女性です」

「ほんとうですか」

「さっき母親に会ってきました。少しお話をしましたが、出身は名古屋市の中村区というところだそうです」

「顎に黒子は？」

「ありました」

「………」

悠木が息を呑むのがわかった。

「奥さんの美紗さんではないと思いますが、念のために、遠くからでも見てみたらいかがでしょうか」

「行きます。どこですか。名古屋ですか」

「名古屋の隣の清須です」

「わかりました。これから行きます」

「だいじょうぶですか」

「はい。今十一時ですね。三時には名古屋に着けると思います。新幹線に乗ったら、メールします」

「わかりました」

新幹線の改札まで迎えに行く約束をして携帯を切った。

それから、京介は清洲城の見学を続けたが、悠木の件が頭から離れず落ち着かなかった。

悠木が乗ったのぞみ号が着く時間に、京介は新幹線口の改札前に立った。

ホームから下りてきた乗客が改札に向かってくる。その中に、悠木の姿が見えた。

改札を出て、悠木は鶴見の前にやって来た。悠木の表情は強張《こわば》っている。

「どうも」

悠木は会釈をして、

「すみません。いろいろ」

「いえ、ともかく、清須に行きましょう」

と、在来線の改札に向かった。

清洲駅の改札を出たのは午後四時過ぎだった。

電車の中で経緯を伝えて、京介は念を押した。

「遠くから顔を見るだけです。そのことを約束してくださいますか。もし、奥さんに間違いなければ、あとで奥さんと会えるように労をとります。相手の家庭に決して波風を立てるような真似はしないように」

「わかっています」

悠木ははっきり約束したが、いざとなると自分でも思わぬ行動に出るかもしれない。京介はそのことを心配した。

清洲城を前方に見ながら川に向かい、橋を渡って右に折れた。陽が傾いても、いっこうに猛暑は衰えない。

『清洲最中本舗』の看板が見えてきた。

「あの店です」

京介が言うと、悠木の顔色が青ざめたように見えた。緊張しているのだ。

「いいですか。離れたところから見るだけです」

「わかっています」

「もう少し近くまで行ってみましょう」

足を止めた悠木を促す。

店の前をゆっくり通る。店番は若い女性で、客が数人いた。佐知子の姿はなかった。

店を行き過ぎて路地に入る。

裏道に出た。『清洲最中本舗』の裏に行くと、肩の高さぐらいのブロック塀で仕切られた庭に平屋の作業場のような建物が見えた。そこで、菓子を作っているのだろう。

建物から女が出てきた。佐知子だ。横に五十半ばぐらいの白い作業着に帽子をかぶった男がいた。悠木の口から短い叫び声が出た。

佐知子は男に何かを言い、男もそれに応えた。男は亭主に違いない。そんな馴れ親しんだ雰囲気があった。

佐知子は母屋に消え、男は作業場に引き返した。

悠木はしばらく茫然《ぼうぜん》と立っていた。そして、やがて絞り出すような声で、

「行きましょう」

と、踵《きびす》を返した。

「いかがでしたか」

京介はきいた。

「違いました」

「違った？」

「ええ、似ているけど違いました」

悠木は吐き出すように言った。

だが、悠木の顔からは血の気が引いていた。

3

八月最後の週になっても猛暑は衰えず、熱帯夜が続いている。

京介は事務所を出て、新橋のホテルのロビーにある喫茶室に入った。見回すと、柱の陰から立ち上がって手を上げている女性がいた。

京介はそこのテーブルに向かった。

「早かったのですね」

京介は神崎祥子に声をかけて、向かいに腰を下ろした。彼女の前のオレンジジュースが半分ほど減っていた。

「得意先に書類を届けたあと、そのまま直帰したので」

ウェーターが注文をとりにきて、アイスコーヒーを頼む。

清須から帰ったあと、祥子には悠木良二に智美の母親を見てもらった話をした。悠木良二は違うと答えた。だが、京介は悠木の態度に不審を持っていた。それで祥子に、智美にきいて欲しいことがあると頼んだのだ。

「智美のことですけど」

祥子が切り出した。

「やっぱり、お母さんに郡上八幡でのことは話したそうです」

「そうですか。やっぱり、話していましたか。で、そのときのお母さんの反応はどうだったのかききましたか」

「一瞬顔色を変えたそうですけど、あとはいつものお母さんと変わらなかったようです」

それだけでは佐知子が悠木美紗かどうかわからないが、そうではないとも言いきれない。佐知子はやはり、京介が智美からきいた件でやって来たのかもしれないと考え、あえて自分のことを話したのではないか。自分は悠木美紗ではないということを印象づけるために……。

「それより、妙なことを智美が言ってました」

祥子がやや身を乗り出した。

「なんでしょうか」

京介は祥子の顔を見つめた。

「鶴見さんからお母さんに黒子があるかときかれたとき、ないと答えたのはどうしてってきいてみたんです」

祥子は表情を曇らせ、

「そしたら、その前に、東京で三十過ぎぐらいの男から、同じようにお母さんのことをきかれたそうなんです」

「黒子のことを？」

京介はきき返す。

「ええ。だから、また同じことをきかれたので、薄気味悪くなって、あんな言い方をしたそうです」

「そうでしたか。で、どんな男だったか、言ってましたか」

「金髪交じりで、浅黒い顔だったそうです。開襟シャツで首にネックレスをしていて、ふつうのひとではないようだと言ってました」

「そうですか」

智美の母親のことを調べている男がいる。何を調べているのか。二十四年前のことと関係しているかどうかはわからないが、気になった。

「その男のことを、智美さんにもう少し詳しくきいてみていただけますか」

「わかりました」

祥子は応えて、

「どうなんでしょうか。智美のお母さんは悠木さんの奥様……？」

「悠木さんは違うと言ってました。でも、そのときの悠木さんはとても苦しそうな顔をしていたのです。期待が外れて気落ちしたとも考えられますが……」

あのときの悠木の反応は嘘だったのかもしれない。佐知子が二十四年前に失踪した妻美紗だと確信したが、京介の前だから、違うと答えたとも考えられる。

あとで、ひそかに佐知子に会いに行くつもりではないか。仮にそうだとしても、悠木が違うと言う以上、もはや京介が介入する問題ではない。

「このことは悠木さんの問題です。仕事ならともかく、もはや私がとやかく口出しすべきことではありません」

「でも、鶴見さんは智美のお母さんのことを調べるように頼まれたのではありませんか」

「それも、智美さんのお母さんが行方不明の奥さんではなかったとわかった時点で、その依頼も終わっているのです。ただ、東京で三十過ぎぐらいの男からお母さんのことをきかれたというのが気になります」

その男は悠木とは無関係な人物だろう。母親の黒子のことは、悠木の妻との関連できいたのではなく、まったく別の理由かもしれないが、念のために確かめる必要があると思った。

「明日、智美に会うのできいてみます」

「あなたは、智美さんのお父さんに会ったことはあるのですか」

京介はきいた。父親の浩太郎のことだ。

「はい。何度かお会いしました」

「どんなお方でしたか」

先日見かけた姿を蘇らせながら、きいた。

「真面目で、いかにも職人という感じです。無口で、頑固そうな見かけですけど、とてもやさしいひとです」

「お祖父さんもいらっしゃるようですね」

「ええ、七十代で去年までばりばり仕事をしていたそうですが、今年のはじめに脳梗塞で倒れられたんです。今は退院してリハビリの病院に通っているようですけど、普段は車椅子を使われています」

薬局の主人の言葉を思い出す。

浩太郎は前妻を亡くし、数年後に若い女性と再婚した。それが佐知子だ。前妻によく似ていたという。

佐知子が悠木美紗だとしたら、美紗は浩太郎と示し合わせて悠木良二から逃げ出したということになる。

しかし、清須の菓子職人の浩太郎と東京に住む美紗の接点はどこにあったのだろうか。

美紗は悠木と結婚する前から浩太郎を知っていたのだろうか。

知らず知らずのうちに佐知子が悠木美紗だという前提で考えていたことに気づいて、京介はため息を漏らした。

「お腹が空《す》いてきました。鶴見さん、食事に行きませんか」

バッグに手を伸ばして言う。

「わかりました」

京介はアイスコーヒーを飲み干し、伝票を摑んで立ち上がった。

ふたりが入ったのは新橋烏森《からすもり》口にある居酒屋だった。

テーブル席が埋まっていて、ふたりはカウンターに並んで座った。

壁にメニューがたくさん貼ってある。

「私、こういうお店が好きなんです」

祥子は店内の喧騒に負けないような声で言う。

ビールで乾杯をしたあと、

「鶴見さんは東京の方なんですか」

と、祥子がきいた。

「いえ、札幌です」

「札幌ですか。智美と今度、北海道に行こうという話をしていたんです」

「そうですか。ぜひ、行ってみてください」

「じゃあ、そのとき、どこがいいか、いろいろ教えてくださいますか」

「いいですよ」

京介は答えてから、

「神崎さんは？」

と、きいた。

「実家は埼玉です」

「では、埼玉から通っていらっしゃるんですか」

「いえ、南砂《みなみすな》のアパートに住んでいます。智美は綾瀬です」

丸川智美とは大学で知り合ったという。

祥子と話しながらも京介の脳裏を蘭子の顔が何度も掠める。それを打ち消すように、とりとめのない話を続けていた。

その週の土曜日、京介は地下鉄東西線の木場駅で降り、歩いて十分ほどのところにある古いマンションにやって来た。

お会いしたいと電話をしたら、マンションの下が喫茶店になっているということで、そこで待ち合わせすることになった。

細長い喫茶店に入る。左手にカウンター、右の壁にそってテーブルが並んでいた。奥を見たが、まだ悠木は来ていなかった。

京介は入口に近いテーブルについた。ウェートレスにアイスコーヒーを頼んだ。

祥子と会った翌々日に電話があった。智美に確かめると、母親のことをきいてきた三十過ぎぐらいの男はその後もたびたび現れるらしい。千代田線の綾瀬の駅で待ち伏せていたという。智美は足立区の綾瀬に部屋を借りている。

自動扉が開いて、悠木良二が入ってきた。

軽く会釈をして向かいに腰を下ろした。

「すみません。その後、どうなさったか気になりまして」

京介は口を開いた。

「いえ、もう……」

ウェートレスがやって来たので、悠木は言いさし、ホットコーヒーを頼んだ。

ウェートレスが去ってから、悠木は水のグラスを摑んでいっきに半分ほど飲んで手の甲で口を拭い、

「もう、諦めました」

「諦めたというのは、奥さまを探すのをやめたということですか」

「そうです。最初から無理だと思っていたんです」

「………」

二十四年間も探し続けてきたのだ。こうもあっさり諦めるのは、何かがあったからに違いない。

「『清洲最中本舗』の佐知子という女性は、ほんとうは美紗さんだったのですか」

「違いました」

悠木は答えた。

「見間違いでは？　あれから二十四年経っているのです」

「いえ。何年経とうがわかります。違いました」

「そうですか。で、これ以上は探さないと決めたのですか」

「もう、これ以上は無駄だと思いました」

悠木の顔は苦しげだ。

「それで、これからどうなさるのですか」

「今さらですが、昔のことは忘れて新しく出直します。これからは自分のことだけを考えて生きていくつもりです」

「そうですか」

奥さんを探すことを諦め、新しく出直すと覚悟をした割には悠木の表情が暗いことが気になった。

ウェートレスがやって来て、悠木の前にコーヒーを置いていった。

「おききしたいことがあるのですが」

京介は悠木の顔を見て、

「奥さんを探すことを手助けしているひとは、いらっしゃいますか」

「私に手を貸す？」

悠木は不思議そうな顔をした。

「ええ」

「いません」

「そうですか」

「どうして、そんなことをおききになるのですか」

京介は迷ったが、正直に話すことにした。

「郡上八幡で声をかけた女性は智美さんと言いますが、そのとき彼女は母親に黒子はないと言いました。嘘をついたのは、それ以前に三十過ぎぐらいの金髪交じりで、浅黒い顔の怪しい男から同じ質問を受けたからだそうです」

「………」

悠木は眉根を寄せた。

「もしかして、あなたのお知り合いかと思いまして」

「違います。知りません。男が誰かわからないのですか」

「ええ。開襟シャツで首にネックレスをしていて、ふつうのひとではないようだったそうです」

「………」

「心当たりはないのですね」

「ありません」

悠木はきっぱりと言った。

「もちろん、たまたま同じように母親の黒子のことをきいても、目的は違うところにあるのでしょう」

京介は言ったが、悠木は黙りこくっている。

コーヒーには手をつけていない。

「悠木さん」

京介は呼びかけた。

悠木がはっとしたように目を見開いた。

「どうかなさいました」

「いえ、なんでもありません。すみません、急用を思い出したので、これで失礼します」

コーヒー代を置いて、

「これで」

と言い、悠木は喫茶店を出ていった。

結局、コーヒーには手をつけていなかった。

黒子のことをきいてきた三十過ぎぐらいの男の話に衝撃を受けたようだ。黒子を手掛かりにして美紗を探している男がいたことに反応したのだ。

やはり、佐知子は行方不明の妻美紗だったのではないか。悠木はそのことに気づいたはずだ。

佐知子と夫の浩太郎の姿を見て、自分の出る幕はないとすべてを諦めたのではないか。あるいは、二十四年前、美紗が自ら失踪したのだと悟り、希望を失ったのかもしれない。

それで心の整理がついたというのか。二十四年間の苦しみから解放されたのだろうか。

そうではないだろう。

佐知子がほんとうに美紗だったのならば、これから新たな苦しみとの闘いになるのではないか。そうだとすると、二十四年前の失踪は妻の自作自演で、他の男と結婚して子どもまで設けていたことになるのだ。

二十四年前、中山七里で車酔いを理由に車の外に出た。その後ろから浩太郎の車がついてきていた。その車に乗り込み、そのまま下呂方面に向かった。

途中、悠木良二がUターンをするのを浩太郎の車の中から身を隠して見ていたかもしれない。

その後、美紗は佐知子と名を変えた。ふたりは正式に結婚しているはずだ。内縁関係ということはあり得ないだろう。

美紗が佐知子になりすますには、佐知子の戸籍が必要だ。浩太郎との結婚時にも必要となるし、智美を妊娠すれば、母子手帳をもらう際に本人確認書類が必要となる。

佐知子の戸籍はどうしたのだろうか。なんらかの手段で戸籍を手に入れたのか。

それとも、やはり佐知子と美紗は別人なのか。佐知子にはなんら疚《やま》しいところはないのか。

悠木が違うと答えたのは、素直な反応だったのだろうか。

黒子のことをきいていた男は誰なのだろうか。しかし、京介はそのことに立ち入る立場ではなかった。

九月五日、午前中に民事、午後から刑事の裁判があって法廷に立った。民事は離婚訴訟で、刑事は窃盗事件である。

地裁から事務所に帰ったのは五時過ぎだった。裁判が終わったあと、窃盗事件の被告人の両親と話し合ってきたのだ。

被告人は二十七歳の無職の男だった。半年前に雇用止めに遭い、あらたな契約を結ばれず、新しい職場も見つからないまま無職になった。

そのことを親に告げられず、金がなくなってつい空き巣に入って出てきたところでたまたま巡回していた警察官とかち合い、あわてて逃げたために職務質問の末に現行犯逮捕された。

盗んだ金は四千円だった。

情状を汲《く》んでもらい、執行猶予付きの判決が出るように弁護をしますと、老いた両親を力づけた。

事務所に戻ったあと、京介は別の民事事件の答弁書の作成にかかり、ようやく仕上がって事務所を出たのは午後八時過ぎだった。

途中、定食屋に寄って夕飯に刺身定食を食べてマンションに帰った。

翌朝、テレビのニュースで北海道胆振《いぶり》地方中東部を震源とする地震が発生したと知った。厚真町《あつまちょう》で震度7という大きなものだった。札幌北区でも震度5強である。

札幌には多くの知り合いがいる。京介は見舞いの電話を入れようとしたが、混乱している中に電話をするのは余計な負担を強いるのではないかと思った。

北海道全域に渡り、停電が続いていて、札幌の薄野《すすきの》の映像はネオンや信号も消えて真っ暗だった。

ようやく札幌の友人に電話が通じた。地震で室内は物が倒れ、後片付けがたいへんな上に停電で参っていた。

他の知り合いも怪我《けが》などはしていないのが救いだった。だが、震源地に近い厚真町の被害は甚大だった。

4

九月十日朝、トーストを食べながらテレビのニュースを観ていた。北海道地震関連のニュースのあと、画面に小岩《こいわ》のマンションの建物が映って、フリージャーナリストの辰巳《たつみ》洋介《ようすけ》三十三歳の刺殺死体がマンションの裏手で見つかったというニュースになった。

顔写真が映し出されていた。やや長髪で、浅黒い顔。開襟シャツで首にネックレスをしている。

京介は二枚目のトーストにバターとジャムを塗る手を休め、画面に見入った。

昨夜の午後十一時ごろ、江戸川区西小岩五丁目のメロパールマンションの裏手でひとの争う声とうめき声のようなものが聞こえた。二階に住む住人が気になってマンションの玄関を出て、植込みの中にひとが倒れているのを見つけたということだった。

万が一、当該事件の被疑者の弁護を引き受けることになってもいいように、京介は殺人事件のニュースには気をつけているのだ。もっとも、担当する事件は殺人以外が多く、自分がニュースで見た事件に関わることは滅多にない。

警察は殺人事件として捜査を進めているというアナウンサーの声がして、次のニュースに移った。

京介は朝刊の社会面を開いた。辰巳洋介の事件が小さく出ていた。テレビ以上の事実はなかった。

インスタントコーヒーを口に含んだとき、携帯に着信があった。神崎祥子の名が表示された。

「はい、鶴見です」

「神崎です。今、智美から電話があって」

祥子の声は強張っているように聞こえる。

「例の男が殺されたそうです」

「お母さんの黒子のことをきいた男ですね」

さっきの画面の被害者の顔を思い出してきいた。

「そうです。テレビを観ていたら、あの男の顔が映ったので驚いたと言ってました」

祥子はひと息ついてから、

「鶴見さんはどう思いますか」

と、問い詰めるようにきいた。

「どうと言いますと？」

「智美のお母さんのことです。二十四年前の……」

祥子は言いさした。

「今はまだなんとも言えません。もう少しはっきりするまで、考えるのは待ちましょう。智美さんはどうしていますか」

「気にしているんです。お母さんの黒子のことをきいてきた男が殺されたのですから」

「………」

「鶴見さん。智美が悠木さんに会いたいそうです」

「なんですって」

「なんのために黒子のことをきいたのか、その真意を確かめたいそうです。昔の同僚に似ていたからなんて智美は信じていません。だったら、悠木さんはあんなに真剣な恐ろしいほど真剣な顔のはずはないと言っていました」

「そうですか。あなたはほんとうのことを智美さんに話していないのですね」

「ええ、鶴見さんから止められているんですもの」

祥子は言ってから、

「でも、このままでは私も苦しいんです。知っていて隠しているんですから」

「わかります」

「どうしたらいいんでしょうか」

祥子は口調を改めて、

「鶴見さん。一度、智美に会っていただけませんか」

「わかりました。お会いしましょう」

京介は答えたあと、

「ただ、今度の土曜日にしていただけますか」

「土曜日？　きょうはまだ月曜日ですけど」

「それまでに、事件の捜査の進展があるでしょう。その上でお会いしたほうがいいかもしれません」

その間に、もう一度、悠木良二に会ってみようと思った。

「そうですね」

「今週の土曜日、午前十時に虎ノ門の事務所までいっしょに来てくださいますか。智美さんにそう仰ってくださいますか」

「わかりました。そう伝えておきます」

そう言い、祥子は電話を切った。

京介は急いで食事を終え、カップやスプーンを洗って、外出の支度をした。

依頼人との打ち合わせや新たな弁護の相談などで、その日は一日虎ノ門の事務所で過ごした。

最後の依頼人が帰ったあと、京介はパソコンを開き、ネットニュースを調べた。

辰巳洋介殺害事件の続報があった。昨夜、午後十一時ごろ、帰宅したマンションの住人がマンションの近くで青ざめた顔の五十ぐらいの痩せた男とすれ違っていたことがわかった。警察はこの男が何らかの事情を知っているものと見て、行方を探しているという。

息苦しくなって、京介は立ち上がって窓辺に寄った。六時になろうとしている。一時より、日は短くなったが、それでもまだ明るく、暑そうだった。

五十ぐらいの痩せた男とはまさか……。

京介は迷った末に、悠木の携帯に電話をかけた。だが、通じない。電源を切っているのか。

十分後にもう一度電話をかけたが、やはり繋がらない。京介は不安に駆られた。

辰巳洋介を殺したのが悠木良二なら、その先に何があるのか。そう思ったとき、京介は事務所を飛び出した。

京介は地下鉄東西線の木場駅で降り、悠木の住むマンションに駆け込んで三階の部屋に向かった。

京介は焦ってインターホンを鳴らした。何度か鳴らして、ようやくドアが開いて悠木が顔を出した。

「鶴見さんでしたか」

悠木は目を細めて言った。

「ちょっと入っていいですか」

「どうぞ」

2LDKの部屋だ。リビングにはテーブルにテレビ、流しのほうに冷蔵庫と食器棚。二十四年前に奥さんといっしょに住んでいた部屋なのだ。帰ってくることを願って、この部屋で暮らしてきたのだ。だが、写真がない。

流しのそばにあるごみ箱にカップラーメンの器がたくさん捨ててあるのが、悠木の孤独を物語っていた。

古いクーラーが不快な音を立てている。

「ここで、奥さんと暮らしておられたのですか」

椅子に座ると、京介は口を開いた。

「ええ。もったいないので安いところに引っ越したほうがいいのですが」

悠木が向かいに座って応える。

「今朝のニュースをご覧になりましたか」

京介は切り出した。

「いえ」

「フリージャーナリストの辰巳洋介氏が、自宅マンションの裏手で殺されていたそうです」

「………」

「マンションの住人が、殺されたと思われる午後十一時ごろ、五十ぐらいの痩せた男とすれ違っているのです」

京介は迫るように、

「この辰巳洋介氏は、あなたが声をかけた智美さんに母親の黒子のことをきいた男なんです」

悠木は顔をしかめた。

「あなたは、辰巳洋介氏を知っているのではないですか」

「なぜ、そう思われるのですか」

悠木は言い返す。

「辰巳洋介氏はジャーナリストだということです。あなたは、彼に奥さんの行方を探すことを依頼したのではないかと思ったのです」

「そんなことしていません」

「では、なぜ彼は黒子のことをきいたのでしょうか」

「………」

「どう思いますか」

「わかりません」

悠木は顔を歪めている。

「悠木さん。教えてください」

京介は正面から悠木の顔を見据え、

「『清洲最中本舗』の佐知子という女性は、ほんとうにあなたの奥さんではなかったのですか」

「違います」

「仕合わせな家庭を壊すまいとして、あなたは引き下がったのではありませんか」

「いえ」

「あなたは、二十四年前に何があったのか知りたいのだと仰ってましたね。佐知子さんを見て、二十四年前に何があったのか、わかったのではありませんか」

「……………」

悠木は俯いている。

「悠木さん。どうか、お話しくださいませんか」

「鶴見さん」

悠木が顔を上げた。

「この前も言いましたように、私は前を向いて歩き出そうと決心したんです」

と、京介に反発するように言った。

「二十四年前に何があったのか知らないと、一歩も前に踏み出せないと仰っていましたね」

京介は矛盾をつくようにきく。

「そう思っていました。でも、それではいけないと思ったんです」

「そのきっかけが、佐知子という女性を見たからではないのですか」

「ある意味そうかもしれません。いえ、あの女性が美紗であろうがなかろうが、もうあとには戻れない。二十四年前に何があったのかを知ろうが知るまいが、何も変わらないということがわかったのです。今の私に必要なのは、二十四年前の出来事を忘れることなんだと思ったのです」

京介が口をはさもうとしたのを、手を上げて制し、

「じつは私は癌に罹《かか》っています」

「癌?」

何か重大な病気なのかもしれないと思っていたが、いざ本人の口からそのことをきくと、京介は衝撃を受けざるを得なかった。

「大腸癌です。抗癌剤治療を三カ月間続けてきたのですが、癌は小さくなっていなかったのです。これ以上、抗癌剤治療を続けても、もって一年。その間、副作用で苦しむより、余命が半年に縮まってもこれ以上の治療を行わないという選択をしたのです。幸い、薬によって痛みを軽減出来ているのでふつうの生活は出来ます。残された時間を自分のために使おうと思ったのです」

「………」

残された時間が少ないから二十四年前の真相を知ろうとしていたのではないかとききたかったが、京介はこれ以上深くきくのは酷なような気がした。

ただ、フリージャーナリストの辰巳洋介の事件との関連が気になるのだ。それさえなければ、このまま素直に引き下がることが出来たのだが……。

「これからどうなさるのですか」

「動けるうちはまだ働き、死期が迫ったら最期を迎えられる病院に入るつもりです」

「お身内は？」

「兄がいますが、家庭もありますので迷惑はかけられません」

「ちなみに、お兄さんはどちらにお住まいなのですか」

「栃木です」

「栃木ですか」

「勤務する工場が移転して、今はずっと栃木で暮らしています」

「お兄さんは病気のことをご存じなのですか」

「知りません」

「知らせていないのですか」

「知らせても、どうにもなりませんから」

「でも……」

「いいんです」

「何かあったのですか。ご兄弟の関係はうまくいっていないのですか」

「いなくなった妻のことなど早く忘れろと昔から散々言われてきたんです。でも、私が言うことを聞かないものだから、匙《さじ》を投げたんです」

「あなたを心配してのことではありませんか」

「そうなんですが……」

「もう二十四年前のことは忘れるつもりなのですね」

京介は確かめる。

「そうします」

「だったら、お兄さんにそのことを話して和解すれば……」

「そうですね」

悠木は気のない返事をする。

「もう一度おききします。フリージャーナリストの辰巳氏をご存じではないのですね」

「知りません」

これ以上きいても、悠木がほんとうのことを答えてくれるかわからない。

「それでは、私はこれで」

京介は立ち上がり、

「何かあったら私に連絡をしていただけますか」

と、声をかける。

「はい」

悠木はぽつりと答えた。

京介はマンションを出た。

木場から小岩に向かった。

総武線の小岩駅の改札を出て、辰巳洋介のマンションに向かった。住所を頼りに駅から十分ほど歩いて、蔵前橋《くらまえばし》通りの近くにあるメロパールマンションに着いた。午後九時過ぎだった。悠木のマンションからここまで一時間ぐらいか。

悠木への疑いが拭えない。悠木は何か隠していることがある。そんな印象だった。だから、ここに来てみたのだ。

マンションから刑事らしいふたりの男が出てきた。そのまま、京介の脇をすれ違っていった。

マンションの住人への聞き込みだろう。昼間は仕事で留守にしている住人が多いから、この時間の聞き込みになったのだろう。

悠木良二と辰巳洋介の接点は何もなさそうだ。唯一共通しているのが、智美に母親の黒子についてきいていることだ。

悠木は智美の母親が妻の美紗かどうかを確かめたかったのだ。辰巳洋介はどういう意味できいたのか。やはり佐知子が悠木美紗ではないかと思ってきいたように思えてならない。しかし、三十三歳の辰巳洋介は二十四年前の失踪事件をリアルタイムでは知らないはずだ。二十四年前、辰巳洋介はまだ九歳だ。

ただ、辰巳洋介はフリージャーナリストだという。智美に声をかけたのはジャーナリストとしての興味からではないか。取材の一環だったとしたら……。

辰巳洋介が今、何の取材をしていたのかがわかれば、智美に声をかけた理由もわかる。

自宅マンションに帰った京介はパソコンを開き、辰巳洋介の検索をしてみた。

辰巳洋介は去年、日本ノンフィクション作家賞の佳作に選ばれてデビューした、新進気鋭の作家だった。

その佳作に選ばれたのは『日本失踪社会』とのタイトルだった。

梗概を読むと、日本には行方不明者が一万人以上いる。その失踪した人間に焦点を当てて、失踪した理由やその後の暮らしなどを克明にルポしたものだという。

もしかしたら、『日本失踪社会』の続編に取りかかっていて、二十四年前の悠木美紗の失踪を見つけたのではないか。

辰巳洋介が悠木美紗の失踪について調べ始めたということはあり得ることだ。そうだとしたら、まず悠木良二に取材するのではないか。

いや、取材しているのかもしれない。つまり、悠木は辰巳洋介と取材で会っている可能性が出てきた。

悠木にしても、美紗の行方を調べてくれる男の出現は有り難かったのではないか。とすると、悠木は美紗の写真を見せ、顎に黒子があることを伝えているはずだ。そして、去年の郡上おどりで美紗に似た女性を見かけた話をしていたとしても不自然ではない。

辰巳洋介は独自に智美の居場所を突き止め、接触したのだ。ただ、そのことを辰巳洋介は悠木に話していない。

この点は不可解だ。あるいは、ある時期からふたりは仲違いをしたのかもしれない。辰巳洋介は二十四年前の事件を本に書こうとするはずだ。だが、悠木はそこまでされたくはない。

このことで仲違いをしたのではないか。

しかし、悠木は辰巳洋介を知らないと言った。嘘をついていることになる。なぜ、嘘をつかねばならないのか。

京介は暗い想像をした。

まさかと思うが……。

京介はある仮説を立てた。『清洲最中本舗』で、悠木は佐知子を見て美紗とわかったのだ。美紗には他に男がいて、失踪という形で悠木の前から姿を消した。二十四年前の真実を知って、悠木は五体を引きちぎられるほどの悲しみに襲われたが、美紗の前に飛び出していくことは出来なかった。

悠木がどんな心境であったかわからないが、裏切られた思い以上に、仕合わせそうな美紗の姿を見て、打ちのめされたのではないか。

あのまま悠木と暮らしていくより今の彼女のほうがはるかによかったようだ。そう思って悠木はなす術もなく、ただ茫然とするしかなかったのではないか。

そこまで考えて、京介は自分を制した。

あくまでも推量でしかない。勝手に解釈しているだけだ。辰巳洋介殺しは悠木とは無関係なのかもしれない。

京介はこれ以上先走って考えるのは止めようとした。

だが、京介の不安が的中したかのような事態になったのは、二日後だった。

5

午前中に地裁での民事事件の裁判を終え、事務所に帰ったあと、小岩中央警察署から電話があった。

「はい。鶴見ですが」

微かな不安を抱いて受話器を耳に当てた。

「小岩中央警察署の松下《まつした》巡査部長です。殺人容疑で逮捕した悠木良二という男が先生の弁護を受けたいと言っているのでお知らせします」

「悠木良二を逮捕?」

「はい。フリージャーナリストの辰巳洋介を殺害した疑いです」

京介は息を呑んだ。

「わかりました。すぐ行きます」

京介は午後からの依頼人との約束を延ばしてもらい、すぐに小岩中央警察署に向かった。まさか、自分の悪い想像が現実になるとは思わなかった。

小岩中央警察署は小岩駅から十分ほどの場所にあった。

石段を上がって玄関を入る。広々としたフロアーは銀行のようで、カウンターの前には椅子が並んでいた。

受付の警察官に名刺を差し出し、

「弁護士の鶴見です。こちらに逮捕されている悠木良二の依頼を受けて来ました。本人に面会させていただきたいのですが」

「少々お待ちください」

受付の警察官は電話を摑んだ。

「今取り調べ中ですので、しばらくお待ちくださいとのことです」

電話を終えて、警察官が言う。

京介は椅子に座った。取り調べ中だから、また出直すように言われるかと思ったが、それほど待つことなく、刑事課の警察官がやって来た。

「鶴見弁護士ですか」

「そうです」

京介は立ち上がって応える。

「どうぞ」

京介は四階の接見室に案内された。

最初だから弁護人選任届に署名指印してもらうだけのつもりだったが、二十分間の接見も許された。

警察がずいぶん融通をきかしてくれていると思ったが、それはある事実を物語っている。つまり、悠木良二は罪を認め、取り調べに素直に応じているということだ。

通話孔のついたアクリルボードで仕切られた向こうに、悠木良二が看守係に連れられてやって来た。

悠木は向かいに座り、看守係は部屋を出ていった。

「悠木さん、どういうことですか」

京介は身を乗り出すようにしてきいた。

「すみません、嘘をついていました。辰巳洋介を殺したのは私です」

「なぜ、ですか」

「私のことを侮辱したからです」

「侮辱？」

「最初は奥さんを探すのに力になりたいと言って近づいてきたのですが、妻に逃げられた男のその後の二十四年間を書くと言い出したのです。私の孤独を描くことで失踪された側の悲しみを……」

悠木は声を震わせ、

「そのために、妻がいなくなって寂しさを埋めるために風俗に入り浸っていたり、結婚相談所に行ったりと、妻に似ている女を探し求めている男にしたいと言い出したのです。そこで、言い合いになって。もし、そんなことを本に書かれ、その本をどこかで美紗が読んだらと思うと、背筋がぞっとしてなんとかやめさせようとしました。辰巳は仮名で書くからと言ってききません。仮名だろうが、当事者が読めば誰かわかります」

「辰巳のマンションに殺すつもりで行ったのですか」

「そうです。殺すつもりでした」

「凶器の刃物は？」

「うちから手拭いに包んで持っていきました。マンションの近くで待ち伏せて、マンションの裏手に誘い、そこで刺したのです」

「凶器はどうしました？」

「私の住んでいるマンションの庭の土を掘って埋めました」

「警察に今のことを？」

「はい。話しました」

看守係が顔を覗かせた。

「そろそろ時間です」

「わかりました」

京介はあわてて鞄から弁護人選任届の用紙を取り出した。

「詳しいことはまたあとでお聞きします。これを受付の警察官に渡しておきますから、あなたの署名と指印を押して看守係に渡してください」

「はい。マンションの部屋に、銀行通帳と印鑑があります。そこから、弁護費用や経費を引き出してください。鍵は管理人から受け取ってください」

「あなたの財産は私が責任持って管理します」

京介はさらに、きいた。

「他に何かすることはありますか。お兄さんへ知らせたり……」

「マンションの部屋の処分をお願いしてよろしいですか」

「部屋の処分？」

「ええ。どうせ、もう帰ることはありませんから」

「悠木さん」

京介はさらに続けようとしたが、看守係がドアを開け、時間だと告げた。

取り調べの警察官に逮捕の詳細をききたかったが、これから取り調べが再開されるというので改めて出直すことにした。

京介は弁護人選任届の用紙に必要事項を記入し、受付の警察官に渡して警察署をあとにした。


その夜のテレビのニュースで、フリージャーナリスト殺害の犯人逮捕について報じていた。

事件の数日前に、マンションの住人が被害者と悠木容疑者が口論しているのを目撃していた。そして、事件当日の午後十時半、メロパールマンションの出入り口にいる悠木容疑者の姿が防犯カメラに映っていた。辰巳が不在で、そのまま引き上げている。その三十分後の午後十一時ごろ、別の住人がマンションからあわてて出ていく悠木容疑者とすれ違っていた。

また、被害者の携帯に悠木容疑者の連絡先が保存されていた。以上のことから悠木容疑者に任意同行を求め、事情をきいたところ、素直に犯行を認めたという。

また、悠木容疑者が凶器を隠したと言った場所から、被害者の血痕が付着した刃物が見つかった……。

京介は思わずため息をもらした。

接見室で悠木が話した事柄と矛盾はない。悠木は正直に話していたのか。だが、京介は何か引っ掛かった。

悠木が辰巳洋介と口論していたのも、事件直後、悠木がマンションからあわてて出ていったのも事実だろう。

悠木がほんとうに辰巳洋介を殺したかどうかは別として、京介が引っ掛かるのは動機だ。要は、妻に失踪された夫の不幸を誇張して描こうとする辰巳洋介の執筆姿勢に怒りを持ったということだ。悠木の言で気になったのは、その本を美紗が読むかもしれないと思ったら許せない気持ちになったという。

美紗が本を読むかもしれない。これは何を意味しているのか。美紗が生きていることを前提としているのだ。

やはり智美の母親佐知子は悠木の妻美紗だったのではないか。それを前提とすると、殺害の動機は違ったものになるかもしれない。

携帯の電話が鳴った。祥子からだった。

「悠木さんがほんとうに殺したのですか」

「本人は認めています」

「なぜ、なんですか」

「辰巳洋介氏が奥さんに失踪された悠木さんの二十四年間の暮らしを、嘘を交えて悲惨な形で描こうとしたことに怒りを持ったそうです」

「………」

「本人も犯行を認めていますし、いくつかの証拠もあるので、悠木さんの犯行に間違いはないと思われますが、まだ動機面などで腑《ふ》に落ちない点があります」

「智美は、自分の母親が何らかの形で絡んでいるのではないかと、気にしているのですが」

「………」

すぐに返事が出来なかったので、祥子は驚いたようにきいた。

「そうなんですか」

「いえ。直接は関係ありません」

「直接は……？」

「ともかく、明日また悠木さんに接見して、いろいろ確かめてみます。まだ、私も詳しいことはわからないので」

「わかりました。土曜日の朝は智美といっしょに事務所にお邪魔してよろしいのですね」

「はい、お待ちしています」

京介は応えたものの、智美に対してどこまで話していいのか、そのことを考えて屈託が胸に広がった。

　翌日、京介は小岩中央警察署に赴いた。

　まだ取り調べが続いているようで、京介は一階受付のそばの椅子で待った。近くで待っている老人は免許の返納に来たようだ。

　免許の返納による特典について説明を受けている。指定された店の買物が少し割引されるなどするらしい。

　三十分ほど待たされて、受付の警察官から声をかけられ、四階に行くように言われた。

　エレベーターで四階に上がると、昨日の警察官が待っていた。

「どうぞ」

「すみません。あとで、担当の刑事さんにお話をお伺いしたいのですが」

「わかりました。伝えておきます」

　そう言い、警察官は接見室に通した。

　接見室で待っていると、悠木良二がやって来た。

　悠木はアクリルをはさんで向かいに座り、看守係が部屋を出ていった。

「悠木さん、取り調べで返答を強要されたり、違うことを言わされたり、そのようなことはありませんか」

京介は確かめた。

「ありません」

「病気のことを刑事さんに話しましたか」

「いえ」

「話したほうがいいです。体調がすぐれなかったら遠慮しないで言うのです」

「はい」

京介は悠木の顔を見つめ、

「あなたはほんとうに辰巳洋介を殺したのですか」

と、きいた。

「はい。私がやりました」

「凶器の包丁はあなたが持っていたものだそうですが、あなたはほんとうに最初から殺す目的で行ったのですか」

「そうです」

悠木はまっすぐ目を向けた。

「あなたは、辰巳洋介さんが悠木さんの二十四年間の暮らしを悲惨な形で描こうとした、それを美紗さんが見たらと思うと、背筋がぞっとしてと仰っていましたね」

「はい」

「あなたは美紗さんが生きているると思っているのですね」

悠木は顔を歪めた。

「どうなんですか」

「どこかで生きていると思っています。死んだという証拠が見つかったわけではありません」

「『清洲最中本舗』の佐知子という女性、ほんとうは奥さんの美紗さんだったのではありませんか」

「違います。あの女性は美紗ではありません」

言下に否定した。

「あれから二十四年経っているのです。当時二十三歳だった奥さんは、四十七歳になります。少しふっくらとしたり、年を経たぶん、顔にも変化はありましょう。それなのに、あなたは遠くから見ただけで、違うと仰いましたね」

「………」

「違うかどうか、どうしてわかったのでしょうか」

「わかります。あのひとは違います」

悠木は首を横に振る。

京介は試しにきいてみた。

「あの女性のことを調べてみましょうか」

「やめてください」

悠木が真剣な表情で、

「そんなことをしても無駄です。別人なのです。他人に迷惑をかけたくないのです」

「でも、辰巳洋介さんは智美さんに母親の黒子のことをきいているのです。辰巳さんもあなたと同じ疑問を持っていたのです」

「…………」

「辰巳さんは智美さんの母親が、失踪した美紗さんではないかと疑っていたのではありませんか」

「それは私がそのことを話したから当然です」

「すると、あなたは郡上おどりで智美さんを見つけて声をかけたとき、すでに辰巳さんが智美さんに同じ問いかけをしていたことを知っていたのですか」

「…………」

「どうなのですか」

「知っていました。でも、返事をもらえなかったので、改めて私が……」

「辰巳さんは、東京で智美さんに声をかけているんです。綾瀬です。なぜ、あなたは綾瀬ではなく、わざわざ郡上おどりに？」

「それは……」

悠木は返答に詰まったが、すぐ口を開いた。

「あの男は、智美という女性が綾瀬にいることを教えてくれなかったのです」

「なぜ、ですか」

「その頃から、気まずい関係になっていたので」

言ったあと、悠木は目を逸《そ》らした。

「辰巳さんはどうして智美さんが綾瀬にいることを知ったのでしょうか」

「それについても教えてくれませんでした」

「なぜ、ですか」

「ですから仲違いをしていたので……」

悠木はやはり何かを隠している。悠木と辰巳洋介の関係に疑問を覚えた。だが、これ以上問い詰めても、悠木は正直に答えまい。

「あなたは罪を認めているので、今さら言うまでもないことですが、あなたには黙秘権があります。答えたくないことは答えなくてもいいのです。言いたくないことを言って調書にとられたら裁判になって……」

「先生」

悠木が口をはさんだ。

「私には残された時間はもうありません。いくら先生にいい弁護をしてもらっても、もう生きて普通の生活は出来ません。ですから、弁護は、いりません」

「では、なぜ、私を弁護人に？」

「捕まった私が自由に会うことが出来るひとが欲しかったのです」

「警察の言うとおりに自白をするつもりですね。事実と違う点があったとしても、あなたは認めるのですね」

「………」

悠木は答えなかった。

京介はため息をついた。

看守係が顔を出して接見の終了を告げた。

京介は接見室を出た。そこに四十ぐらいの四角い顔の目つきの鋭い男が近づいて来た。

「鶴見先生ですね。悠木良二の取り調べに当たっている茂木《もぎ》です」

茂木警部補は挨拶をする。

「どうぞ、こちらに」

茂木は衝立《ついたて》で仕切られただけの応接室に案内した。

「私のほうからも幾つかお訊ねしたいことがあるのですが、鶴見先生のほうからお伺いいたしましょう」

茂木が切り出した。

「わかりました。では」

と、京介は口を開いた。

「まず、悠木良二に疑いが向かった経緯を教えていただけませんか」

「事件当夜の午後十一時ごろ、帰宅したマンションの住人があわてた様子で去っていく男を見ていました。その後、死体が発見され、マンションの住人に聞き込みをしたところ、事件の数日前に被害者の部屋の前で、辰巳洋介と口論をしている男を他の住人が見ていました。出入り口の防犯カメラに映っていた男の顔を確認してもらったところ、ふたりとも目撃した男だと証言したのです」

茂木は間をとって、

「辰巳洋介の携帯の着歴を調べ、その中に悠木良二という名前があったのです。そして、逮捕当日の朝に悠木のマンションを訪れ、任意で同行を求めたところ、犯行を告白したのです。それですぐ逮捕状をとりました。その後、悠木の自白どおり、悠木のマンションの裏の土の中から手拭いに包まれた血糊《ちのり》のついた刃物が見つかりました」

「被害者の傷は？」

「脇腹と腹部にかなり深い傷、それに刃物を握ったのか両手のひらに傷がありました」

「凶器の血痕は被害者のものだったのですか」

「そうです。被害者のものに間違いありません。また、凶器もその刃物であることは傷口が合致しているから明らかでした」

「そうですか」

京介は少し考えたが、

「動機はなんと？」

と、次の質問に移った。

「二十四年前に妻に失踪された男の苦悩を描くということで取材を受けたが、自分のことがまったく違った内容にされているので、本にしないでくれと抗議した。その話し合いがうまくいかず、殺す羽目になったということです」

京介は頷いて、

「取り調べで、何か違和感がありませんでしたか」

と、茂木の顔を見つめた。

「悠木は素直に取り調べに応じています。まったく世話がかかりません。なにしろ、こちらの問いかけを拒むことがないどころか、自ら積極的に話してくれます」

茂木は眉根を寄せ、

「でも、かえってこういう容疑者には注意をしなければならない。そのことを、鶴見先生にお伺いしようと思っていたのです」

「はい」

「まず、今私が話したことと、鶴見先生が悠木から聞いていることと、どこか違いがありますか」

「いえ、同じです」

「そうですか」

「何か引っ掛かるところがあるのですか」

「さっきも申しましたように、あまりにも素直に喋《しゃべ》っていることに引っ掛かるのです」

「悠木良二は癌であることを話しましたか」

「癌ですって？」

「ええ、大腸癌です。余命は半年から一年だと言われているそうです」

「そのようなことは何も言っていませんでした」

　茂木は顔をしかめた。

「じつは、さっき接見室で、自分はこのまま死んでいくのだからと言っていました。生への気力を失っているようです」

　そして京介は思いついたことを口にした。

「辰巳洋介を恨んでいる人間が他にもいるということは考えられませんか」

「当然、そのことも調べました。ですが、見つかりませんでした。それに、悠木には親しくしている者はいないのです。悠木が誰かをかばっている可能性を考えたのですが、悠木の周辺にはそのような者はいないのです。悠木は町工場で働いていますが、同僚とも交わらず、いつもひとりでいるそうです」

「辰巳洋介の女性関係はどうなのですか」

「何人か付き合った女性はいたようですが、深い関係ではないようです」

「現場の状況から女の犯行という可能性は考えられますか」

「刃物による刺殺ですから女の手でも可能でしょう。でも、辰巳洋介の周辺にいる女にはみなアリバイがありました」

「女であっても犯行は可能なのですね。現場周辺で、不審な女を見かけたという目撃情報はなかったのですか」

「特にはありません」

茂木は顔を歪めた。

「辰巳はフリージャーナリストですから、悠木の場合と同じように取材対象者とトラブルになったことはないかと今、調べていますが……」

茂木はふと苦笑し、

「じつは悠木があまりにすらすら喋るので、弁護士先生のなんらかの作戦ではないかと言いだす者もいましてね」

と冗談に紛らして言ったが、その目は笑っていなかった。

「悠木さんは助かろうという意識はまったくないのです。ですから、作戦も何もありません。悠木さんにとって私の役割は、身の回りの後始末のためでしかないのです」

「そうですか」

茂木は納得するように言い、

「それでは、これから取り調べを再開しますので」

と、壁の時計に目をやった。

「すみません。ありがとうございました。悠木さんの体調に配慮して下さるようお願いします」

京介は立ち上がって礼を言ったあとで、

「念のために、誰かをかばっているかもしれないという見方から取り調べてみていただけませんか」

「鶴見先生は何か心当たりが？」

「いえ」

佐知子のことはまだ口に出せなかった。

「では、ここで」

「失礼します」

京介はエレベーターに向かった。

小岩中央警察署を出ると、熱気がいっきに襲いかかってきた。

烈《はげ》しい炎天下を京介は駅に向かったが、汗が吹き出るのを忘れて、悠木良二のことに思いを馳せていた。

警察は智美の母親佐知子のことを知らない。母親の黒子のことを、悠木も辰巳洋介も智美にきいている。このことを警察は知らないようだ。

もし、知ったら『清洲最中本舗』の佐知子について調べるだろう。京介はある想像をして心を重くした。

佐知子が悠木美紗ではないかという疑いが消えない。辰巳洋介は当然ながら清須まで出かけて佐知子のことを調べているのではないか。佐知子にも会って問い詰めているかもしれない。佐知子は否定するはずだ。だが、辰巳洋介は何らかの方法で佐知子が美紗である証拠を握った。そのことを、佐知子が知ったら……。

もし佐知子が美紗だったら、戸籍を手に入れて佐知子になりすましたことになる。もし、そのことが暴かれたら……。

京介は思わず、灼熱の空を見上げていた。

第三章　動　機

1

土曜日の十時前に、虎ノ門の事務所に神崎祥子と丸川智美がやって来た。

京介はふたりを執務室に通し、テーブルをはさんで向かい合った。

「どうも、その節は失礼しました」

京介は智美に挨拶した。

「こちらこそ失礼しました」

智美の表情は硬い。

「鶴見さん、智美は自分に声をかけてきたふたりがあんなことになって、とってもショックを受けているのです」

祥子が痛ましげに言う。

「そうでしょうね。わかります」

京介は祥子から智美に目を移した。

「ふたりとも、どうして私の母のことをきいてきたのでしょうか」

智美が不安そうな顔できく。

京介はまだためらいがあった。だが、次の智美の言葉を聞いて、気持ちが固まった。

「悠木さんの奥さんが二十四年前に行方不明になっているそうですね。私が行方不明になった奥さんに似ていたのですね」

「どうして、そのことを?」

「じつは、辰巳洋介というひとが母のことをきいたとき、二十四年前に行方不明になった女性を探していると言ったんです」

「わかりました。お話ししましょう」

京介は気づかれぬように息を大きく吐いて、

「悠木さんの奥さんは美紗さんと言います。ふたりは二十四年前の八月十三日、郡上八幡にレンタカーで向かう途中……」

京介は二十四年前の中山七里で起こったことを話した。

智美は真剣な眼差しで聞いている。

「美紗さんは当時二十三歳でした。警察の捜索にもかかわらず、美紗さんの行方はわからず、やがて悠木さんが奥さん殺しで逮捕されてしまったのです」

「えっ、逮捕？」

「奥さんを殺し、山奥に埋めたのではないかという疑いです。起訴するだけの証拠はなく、不起訴処分になりましたが、悠木さんはそれからも奥さんを探し続けてきたのです。そいつか郡上おどりにやって来る。そう信じ込み、毎年郡上八幡に行っていたのです。それで、去年の郡上おどりであなたを見かけたのです。若い頃の奥さんにそっくりだったそうです。黒子の位置までも。あなたが翌年も来ることを知って、今年も郡上八幡に行ってあなたがやって来るのを待ったのです」

「そうでしたか」

「智美、ごめん。私、鶴見さんにお母さんの黒子のことを話しちゃったの」

祥子が口をはさんだ。

「それで、清須まで行き、お母さんに会ってきました。ただの客として。それから、悠木さんに清須まで来てもらい、お母さんを見てもらいました」

「えっ、母を見たのですか。で、どうだったのですか」

智美は身を乗り出した。

「違うと言ってました」

「違ったのですか」

智美は少し首を傾げて、

「もしかして、鶴見さんは……」

と、厳しい顔できいた。

「私は悠木さんが嘘をついたように思えてなりません」

「母が美紗さんだったと言うのですか」

「ええ」

「じゃあ、どうして悠木さんは違うって……」

「奥さんが姿を消したのは自らの意思だったとわかってショックを受けたでしょうが、仕合わせな暮らしに波風を立てるような真似をしたくなかったのに違いありません」

「ほんとうに母は美紗さんなのでしょうか。戸籍だってちゃんとあるんです。佐知子という名です。出身だって名古屋です」

「あなたは名古屋のお母さんの実家に行ったことはありますか」

「いえ。母の両親は早く亡くなったそうで、実家は人手に渡ったと言ってました」

「お母さんの古い友達はいらっしゃいますか」

「………」

智美はしばらく考えこんでいたが、

「そういえば、母から若い頃の話を聞いたことはありません。写真もないようです」

と、表情を曇らせて言った。

「やはり、母は……」

「悠木美紗さんの可能性はあります」

京介がはっきり言うと、智美は息を呑んだ。

「戸籍はどうしたのでしょうか」

祥子が口をはさんだ。

「何らかの方法で佐知子さんの戸籍を手に入れたのだと思います」

「戸籍を調べれば不正かどうかわかるのではありませんか」

「おそらく、両親が亡くなっているというのはほんとうかもしれません。本物の佐知子さんが見つからない限り、真相ははっきりしないかもしれません。ただ、警察が調べれば、ある程度までわかるでしょうが、事件と関わりがないと警察はそこまでしません。仮に、警察がその気になって調べるとすると、美紗さんの指紋やＤＮＡ鑑定を行えばはっきりするでしょうが……」

それでも、腑《ふ》に落ちないことがあった。そのことを、祥子もきいてきた。

「でも、なぜ、戸籍を変えてまで奥さんは失踪したのですか。悠木さんがそんなに怖かったのですか」

「悠木さんはそんな凶暴なひとではありません。ただ、悠木さんは離婚に応じようとしなかったでしょう。だから、『清洲最中本舗』に嫁に入ることは難しいと考えて、他人になって……」

京介はそう言ったものの、自分でも疑問に思った。

他人の戸籍を手に入れるという犯罪行為を犯すより、真っ正面から悠木に離婚を申し入れたほうがよかったのではないか。

なぜ、それが出来なかったのか。悠木が離婚に応じないとわかっていたからか。

美紗が離婚したいと思っているどころか、美紗に男がいたことなど、悠木は微塵《みじん》も考えていなかったのだ。

もし、そのようなことがあれば、美紗を見つけ出す大きな手掛かりになったはずだ。

「悠木さんは、母の今の生活を守るために身を引いたということでしたね」

智美が思い詰めたような目を向ける。

「ええ。奥さんが失踪した理由がわかったが、今さら問題にしても無意味だと思ったのでしょう。それで過去と踏ん切りをつけようとしたのです」

「辰巳洋介というひとは母の秘密をあばこうとしたのでしょうか。それをやめさせようとして悠木さんは……」

「悠木さんは別の動機を述べていますが、おそらく美紗さんのためではないかと思っています」

辰巳殺害の動機を持つものは美紗自身もそうだ。佐知子と名前を変えている秘密を自分で守るため……。もちろん、夫の浩太郎の犯行も考えられるが、浩太郎であれば、悠木は身代わりにはならないはずだ。

「つかぬことをお伺いしますが」

京介は智美に声をかけた。

「お母さまは東京にいらっしゃることはあるのですか」

「はい。あります」

「最近はいつごろいらっしゃいましたか」

「……………」

智美の顔色が変わった。

「どういうことなのでしょうか。もしや、母を疑って……」

「いえ、そうではありません」

京介はあわてて、

「もしや、悠木さんに会いに来たのではないかと思ったのです」

と、取り繕った。が、思いつきで言ったことだが、京介は案外と大事なことではないかと思った。

「母が悠木さんに？」

「辰巳洋介が清須までお母さまに会いに行ったことは十分に考えられます。彼から悠木さんのことも聞かされたことでしょう。さらに、お母さまは戸籍の件をきかれて返答に窮した。それで、東京まで悠木さんに会いに行ったのではないかと。悠木さんは昔と同じ場所に住んでいるのです」

「………」

「いかがですか」

「母は八月の末に東京に来ました。いつも私の部屋に泊まっていきます」

智美は答えたあとで、

「でも、普段とあまり変わりませんでした」

「そうですか」

事件の前後はどうかとまではきけなかった。仮に佐知子の犯行だとしても、娘のところに泊まっての実行はないように思える。

「私、父にきいてみます。母のことを」

「今、私が話したことは何の証拠もないことです、悠木さんが違うと言ったのですから、お母さまは美紗さんとは別人だった可能性は高いのです。そのことを十分に踏まえて、おききになってください」

「わかりました」

「鶴見さん」

祥子が口を開いた。

「相談料は……？」

「そんなもの要りませんよ。悠木さんの事件絡みのことですから」

「すみません」

ふたりは頭を下げた。

「お父さまが何と仰ったか、あとで教えていただけますか」

「はい。すぐお知らせします」

京介はふたりを廊下まで見送って執務室に戻った。

佐知子のことを警察に告げるべきかどうか、京介は迷った。悠木は警察には話していないのだ。警察に言うかどうかは悠木の許しを得てからだと思った。


月曜日の午後、京介は小岩中央警察署に赴き、悠木と接見した。事件から一週間経っていた。

すでに悠木良二は東京地検に送検されていたが、きょうは地検の取り調べはなく、警察の取り調べを受けていた。

いつものように、アクリルボードをはさんで向かい合った。

「悠木さん。じつは佐知子さんの娘の智美さんが私を訪ねてきました。母が奥さんの美紗さんではないかと気にしていました」

「違います」

悠木は強い口調で否定した。

「佐知子さんは昔のことを語ろうとしないようです。名古屋の実家にも行ったこともないようです」

「………」

「悠木さん、教えていただけませんか。佐知子さんは美紗さんではないのですね」

「何度も言っているはずです」

悠木は顔をしかめる。

「事件とは関係ないのですね」

「そうです」

「では、佐知子さんのことを警察に話しても構いませんか」

「どうしてですか。関係ないではありませんか」

「関係ないかもしれませんが、辰巳洋介も智美さんに母親の黒子のことをきいているのです。あなたも同じことをしている。関係有る無しにかかわらず、このことを隠しておくわけにはいきません」

「………」

「それに、佐知子さんが美紗さんでないなら、警察に知られても何ら問題もないことではありませんか」

「それでも警察は、佐知子という女性のことまで調べるのではありませんか。それだけでも迷惑をかけることになります」

「別人だとわかれば、深く関わりませんよ」

「でも」

悠木は不満そうな顔をした。

「あとで、明らかになるより、いま話しておいたほうがよいと思いますが」

「私は罪を認めているんです。いまさら、そんなことまで調べないのではありませんか」

「いえ。警察はあなたがあまりにもすらすら喋るので、かえって警戒しています。公判で自供をひっくり返すのではないかと警戒しているので、いろいろ調べているはずです」

「…………」

悠木は辛そうに顔を歪めた。

「警察が佐知子さんのことを知れば、指紋やDNA鑑定で、美紗さんかどうかはっきりさせるかもしれません」

「部屋には美紗の指紋など残っていませんよ。私は掃除をして床や壁などきれいに拭き取っています。美紗の昔の洋服も処分してしまいました。ＤＮＡ鑑定出来る資料はありませんよ」

「美紗さんには母親がいるではありませんか。母親と親子鑑定をすれば……」

「………」

悠木は苦しそうにため息をもらした。

「悠木さん、ほんとうは誰かをかばっているのではありませんか」

「そんなことしていません」

「かばっているとしたら、佐知子さんです」

悠木ははっとしたように顔を向けた。だが、すぐ俯いた。

「佐知子さんはあなたのマンションに訪ねてきませんでしたか」

「来ません。第一、あのひとは清須に住んでいるのではありませんか」

「ときたま東京に来ているみたいです」

「………」

「悠木さん。あなたはこれでいいのですか」

「もちろんです。生きていても何もいいことはありません。辛い思いで生きるより、このまま罪を償って死んでいくことこそ私にふさわしいと思います。お願いです。私の望みどおりにしてください。このままなら何の問題もないはずです」

「もしあなたが誰かをかばっているとしたら、真犯人はのうのうとしていることになります。自分の罪を他人に押しつけ、今後、真犯人は平気で暮らしていけるのでしょうか。ひとを殺した罪とあなたを身代わりにしたことの後ろめたさで、この先平然とは暮らしていけないのではないでしょうか」

悠木ははっとした。

「あなたが身代わりになることで、真犯人に塗炭《とたん》の苦しみを与えてしまうことになりかねません。そのことを考えたことがありますか」

「………」

「この先、苦しみながらの一生を送らせるつもりですか。悠木さん、私はあなたが誰かをかばっているのではないか、そう思っています。刑事さんにきいたら、犯行は女でも可能だったそうです。あなたは事件当夜、辰巳洋介に会うためにメロパールマンションの近くで待っていた。辰巳洋介がマンションに向かったあと、あなたは時間を置いてマンションに向かった。辰巳洋介の部屋で話し合うためです。ところが女があわてたように走っていく姿を見た。それで不審に思ってマンションに行って、植込みの中で倒れている男を発見した。駆けつけると、腹部に刃物が刺さったまま辰巳洋介が死んでいた。あなたはすぐに刃物を抜き、周囲に証拠になるようなものがないかと確かめた上でその場から逃げた。私はそうではなかったかと疑っています」

「そんな証拠があるのですか」

「ありません。でも、佐知子さんが美紗さんであることを前提に見れば、辰巳洋介を殺す動機がある者がいることになります。佐知子さんと夫の浩太郎氏です。でも、あなたが身代わりになるとしたら、佐知子さんしかいません」

「ばかばかしい」

悠木は吐き捨てた。

「もしそうだとしたら、佐知子さんは二十四年前にあなたを見捨て、今度もまたあなたを見捨てることになります。それで、佐知子さんは平然と生きていけると思いますか」

「………」

悠木は俯いた。

看守係が顔を出し、接見時間の終了が近いことを告げた。

「鶴見先生、お願いです。佐知子さんに会って来ていただけませんか」

悠木が訴えた。

「佐知子さんに、私の余命が短いことを伝え、すべてを背負って私はあの世に旅立つ。過去のことは一切忘れるようにと……」

「あなたは佐知子さんが美紗さんだということを認めるのですね」

「どうかお願いします」

悠木は深々と頭を下げた。

京介はかける言葉を失っていた。

2

悠木良二は留置場に戻った。

独房の窓から空が見えた。どんよりしていた。雨になるかもしれない。

先月、鶴見弁護士から電話があり、すぐに清須に向かった。名古屋で落ち合い、清洲城の近くにある『清洲最中本舗』という和菓子屋の裏手に行き、作業場の建物から出てきた女を見た。

少しふっくらとした感じだったが、一目で美紗だとわかった。その瞬間、全身がばらばらになって吹き飛んだような感覚に襲われた。

やがて、美紗のそばにいる白い作業着姿の男が亭主であろうことがわかった。信じられなかった。

美紗が自分以外の男と夫婦になって暮らしていたことに衝撃を受けたが、やがてこのことを予想していた自分に気づいた。

二十四年前、中山七里の国道で美紗は車酔いをして車から降りた。美紗が車酔いをしたのははじめてだったし、酔うような道路ではなかった。

引き返したとき、美紗の姿はなかった。あの夫である男があとから車でつけてきていたのだろう。

途中で美紗を乗せた車とすれ違ったのだ。美紗がそのような企みを持っているなど想像だにしなかった。だから、対向車など見ていなかった。美紗のところに早く戻らなければと必死だったのだ。

渓谷に落ちたのだと思ったが、警察の捜索でも美紗は見つからなかった。まさか、美紗が自らの意思で消えたとは……。

美紗は得意先の会社の受付嬢だった。何度か訪問するうちに親しく言葉を交わすようになり、思い切って食事に誘って、それからいっきにふたりの仲が深まった。

交際から一年後に結婚した。美紗に言い寄る男は多かったが、美紗はうまくかわしていた。結婚して一年経っても仲良く暮らしていた。美紗に男の影はまったく感じられなかった。

二十四年間、美紗を探し続けた。死んでいるとは思わなかった。どこかで生きて、悠木が迎えに来るのを待っていると思っていた。

何者かに監禁されていて、助けを求めることも出来ない状況にあるのではないか。悠木の頭にあるのはそのことだった。

警察は監禁されている場所を突き止めてくれる。そういう期待は虚しかった。悠木が美紗を殺してどこかに埋めたと疑われたのだ。

悠木に疑いの目を向けた段階で、警察は美紗が死んだものと見なしたのだ。もはや、警察が生きている美紗を見つけ出すことに期待は出来なくなった。

警察は頼りにならない。自分で探すしかないと、毎年、郡上八幡の郡上おどりに行ったのだ。そして、美紗によく似た若い女性を見つけた。

ひょっとして美紗の娘かもしれないと思ったとき、美紗が新しい家庭を持っているのだと想像してショックを受けた。

そして、清須に行き、佐知子という女性が美紗だと知って、二十四年前の失踪の理由がわかった。

二十四年前、美紗には自分以外にも付き合っていた男がいたのだ。何らかの事情で離ればなれになっていた。美紗が自分と結婚したのも、その男のことを忘れるためだったのかもしれない。

だが、その男が悠木美紗となった彼女の前に現れたのだ。そして、ふたりは前以上に燃え上がった。

美紗はその男のもとに走った。正式な離婚が出来ないと思い、あのような芝居をして失踪をしたのだろう。

その時点では佐知子という戸籍の用意が出来ていたのだ。あの失踪はすべて用意周到に計画されていたのだ。

そのことにまったく気づかなかった自分に腹立たしい思いもするが、それほどまでして自分と別れたかったのかと、悠木は愕然とする思いだった。

しかし、真相がわかったとき、不思議なことに怒りはそれほど湧いてこなかった。ただ、自分が惨めだった。

美紗に対して恨みつらみを浴びせても失ったものは戻ってこない。佐知子という女に生まれ変わった美紗には智美という娘までいるのだ。

家庭を壊して美紗を不幸に追いやることは出来ない。真相がわかったときから悠木は孤独をことさら意識した。

そして、孤独のまま死んでいく。それが自分にふさわしいのだと思った。だから、鶴見弁護士に、違うと言ったのだ。

だが、鶴見弁護士から思いがけないことをきいた。母親の黒子のことを、智美にきいていた男がいたという。

フリージャーナリストの辰巳洋介が悠木の前に現れたのは半年ほど前だった。二十四年前に行方不明になった辰巳洋介ではないかと気がついた。

奥さんのことでと、マンションに訪ねてきたのだ。

「じつは私は戸籍売買の実態を取材しているんです」

マンションの部屋に招じて向かい合うと、辰巳洋介はさっそく口を開いた。

「結婚の実態を伴わないのに、外国人が日本人と入籍して日本国籍を取得する。これは偽装結婚ですが、実際に他人の戸籍を手に入れたい、つまり他人になりたいと願う人間がいるのです。と、同時に自分の戸籍を売る人間がいるのです」

多重債務者が借金逃れのために他人になったり、あるいは新たな借金をするために他人の戸籍を手に入れる。また、自殺志願者や定職のないワーキングプアなどが自分の戸籍を売ったりしている。

その戸籍売買の仲介をする者も存在し、またネットでも戸籍売買がされている。そういう実態を取材しているのだと言い、

「失踪した奥さんは他人の戸籍を手に入れて、別の人間として暮らしているのではありませんか」

と、辰巳洋介はきいた。

最初から美紗は生きていることを前提に話していた。悠木も生きていると思っていたが、戸籍のことまで深く考えていなかった。

しかし、智美という娘がいる。戸籍がなければ、公的な手続きは出来ない。辰巳の言うとおり、美紗は他人になりすましたのだ。

どうやって佐知子の戸籍を手に入れたのか。

すると、辰巳は驚くべきことを言った。

「じつは先日、ある事情から二十四年前に戸籍を売ったという女性と知り合いました」

悠木は「二十四年前」というのを聞きとがめた。

「その女性は仲介する男を通して自分の戸籍を売ったそうです」

その後、辰巳洋介は悠木の前に姿を現さなかった。だが、智美に近づいたときいて、悠木は胸を痛めた。

おそらく、清須にも行って、佐知子こと美紗にも会いに行っているのではないか。美紗は自分を裏切った女だが、今は仕合わせに暮らしている美紗をそっとしておいてやりたいと思った。

これ以上、佐知子に関わらせたくなかった。それで、西小岩五丁目にある辰巳洋介のマンションに行ったのだ。美紗の件にこれ以上深入りしないように頼むためだ。その代わり、自分がこの二十四年間、どんな暮らしをしてきたかは勝手に創作しても構わない。そういう取引を用意して、会いに行ったのだ。

夜の遅い辰巳に合わせ、悠木は午後十時半にマンションを訪れたが、まだ帰っていなかった。

それで、駅の近くで時間を潰《つぶ》し、三十分後に再びマンションに向かった。そして、暑いのにスカーフで顔を隠した女がマンションの植込みから出てきて駅と反対方向に去っていく姿を見た。

暗がりだったが、清須で見た佐知子に似ているように思えた。その瞬間、全身が粟立った。

急いで、植込みに入っていき、裏手のほうで倒れている男を見つけた。悠木は駆け寄った。まだ、微かに息はあったが助からないと思った。腹部に刃物が深く突き刺さったままだった。

とっさに、悠木は刃物を抜いた。そして、周囲を見回し、証拠になりそうなものが残っていないか確かめ、その場を逃げ去った。

警察の捜査が自分のところに及んだら、素直に罪を認めるつもりだった。そして、刑事がやってきたとき、すべてを観念した。

殺しは自分と辰巳洋介との間のトラブルにして始末をつけるつもりだった。

癌になり、余命は半年から一年と言われていた。副作用が出る新たな治療を拒んだので、生きられるのはあと半年かもしれない。

自分を裏切った美紗の身代わりになって死んでいく。おそらく、美紗は悠木の気持ちに気づくだろう。そして、このことをずっと胸に仕舞って生きていく。

殺人の罪と悠木を身代わりにしたことで、美紗は今後ずっと死ぬまで苦しみ続けるはずだと、鶴見弁護士は言った。

その生き地獄を味わわせることこそ、悠木の狙いでもあった。復讐《ふくしゅう》だ。だから、真相を打ち明けるわけにはいかないのだ。


翌日、悠木は各警察署をまわってきた護送車に乗せられて東京地検に向かった。

悠木は検事の取り調べを受けた。すでに何度か取り調べを受けている。これ以上何を取り調べるのかと、悠木は不安だった。

護送の警察官に手錠をはずされて、検事の机の前に置かれた椅子に座った。脇でパソコンに向かっている検察事務官がキーボードに手を置いている。

細く鋭い目をした検事が悠木を射るように見つめ、

「丸川智美という女性を知っていますか」

と、いきなり智美の名を出してきた。鶴見弁護士が話したのだろうか。いや、そこまではしないはずだ。

警察での取り調べでも智美のことはきかれなかった。はじめて智美の名が出たことに警戒をしたが、悠木は平静を装い、

「知っています」

と、素直に答えた。

検事がどこまで知っているのかわからないので、不用意な答えは禁物だ。

「知っている？」

検事は意外そうな顔をして、

「どうして知っているのですか」

と、身を乗り出すようにきいてきた。

「郡上おどりで見かけました。行方不明の妻の若い頃に似ていたので、思わず声をかけてしまいました」

「あなたは二十四年前に行方不明になった奥さんを探し続けていたということですが、郡上おどりもそのために出向いたのですか」

「はい。妻は郡上おどりに憧れていました。ですから、いつか郡上おどりを見に来る。そう期待して毎年郡上八幡に行っていました」

「そこで智美さんを見かけた？」

「そうです」

「若い頃の奥さんに似ていたので、智美さんの母親が行方不明になった奥さんではないかと思ったのですね」

「そうです」

「それで、どうしたのですか」

「智美さんの実家が愛知県清須の『清洲最中本舗』という和菓子屋だと知り、そこまで行きました」

「智美さんの母親に会ったのですか」

「いえ、遠くから見ただけです。でも、妻かどうかはわかりませんでした。なにしろ、二十四年も経っているのですから。でも、私としては違うように思いました」

警察はＤＮＡ鑑定を行って、本人であることをはっきりさせるかもしれないので、あいまいに答えた。

「あなたの奥さんではないというのですね」

「はい」

悠木は答えたあと、逆にきいた。

「検事さん。どうして智美という女性のことをおききになるのですか」

「じつは」

検事は半拍の間を置き、

「被害者の携帯のスケジュール表に、清須の記載があったのです。『清洲最中本舗』とありました。そこに、智美という名が記されていました」

「…………」

「警察は事件とは直接関係ないと判断したようですが、念のためにきいてみたのです」

「辰巳洋介さんも智美さんの母親が私の妻ではないかと考えたようです。それで、清須まで行ったと言ってました」

「辰巳洋介氏はどうして智美さんのことを知ったのですか。あなたが、教えたのですか」

「いえ、教えていません」

悠木ははっとした。どうして、あの男は智美のことを知ったのだろうか。

「そうですか」

検事はやや口調を変えてきいた。

「あなたは、被害者があなたの二十四年間の苦しみを誇張して描こうとしたことに怒りを覚えたのですね。それが真実として伝えられることは屈辱でしかないと」

「はい」

「それで書くことをやめてもらおうとしたが、被害者は聞く耳を持たなかった。だから、殺すしかなかったということでしたね」

「そうです」

このことは警察でも地検でも、最初から何度も言ってきた。

「それは、ひとりの人間を抹殺してでも守らねばならぬものだったのですね」

「そうです。私の名誉のためにも」

「ひと殺しの汚名を着ても、自分のことを誇張して書かれるよりはいいと？」

「はい。私の二十四年間の悲劇を強調するために、寂しさから風俗に通い詰めたとか、毎晩酒を浴びるほど呑んだり、ときには酔って喧嘩したりとか……。本になったら、美紗がどこかで見るかもしれません。そんな情けない男だと思われたくないのです」

「あなたは奥さんが生きていると思っていらっしゃるのですか」

検事がさりげなくきく。

「その可能性もあると思っています」

「奥さんが、その本を読んだら、帰って来るかもしれないとは考えなかったのですか」

「そんなことで帰って来るとは思いません」

「そうですか」

検事が首を傾げた。

警察の取り調べは順調だった。検事もこっちの話を素直に聞いてくれた。なぜ、急に態度が変わったのか気になった。鶴見弁護士がよけいなことを言うとは思えない。

「じつは、被害者と付き合いのある編集者にきいたのですが、あなたのことを書くという話は聞いていないと言うのです」

「……………」

「被害者は戸籍売買の実態について調べていたそうです」

「私にもそう言っていました」

　悠木は思わず身を固くし、

「私の妻も、他人の戸籍を手に入れて別人として暮らしているのではないかと言っていました。その流れの中で、私の二十四年間の苦悩を書きたいと言っていたのです」

「なるほど」

　検事は頷き、

「ところで、あなたの部屋に奥さんの洋服や鏡台などがなかったようですが？」

「ええ、処分しました」

「いつのことですか」

「八月の末です。もう、妻を探すのをやめようと決意し、妻の物はすべて処分しました」

　今から考えれば、処分しておいて正解だった。

　指紋やＤＮＡ鑑定をする美紗の資料は木場のマンションの部屋にはないはずだ。美紗と佐知子のＤＮＡ鑑定が出来ないとなれば、美紗の母親と佐知子のＤＮＡ鑑定をするしかない。警察がそこまでするだろうか。

犯行を否認しているならともかく、悠木は素直に自供しているのだ。

しかし、検事が慎重になっているのは、あまりに悠木が素直過ぎるからかもしれない。裁判で自白をひっくり返すかもしれないと警戒しているとも聞いた。

「智美さんの母親はあなたの奥さんではなかったのですね」

検事はまた同じことをきいた。

なんだかしつこい気がした。

「はい。違うと思います」

悠木は答える。

「あなたは、被害者があなたの二十四年間の苦しみを誇張して描こうとしたことに怒りを覚えたということでしたね」

何度も同じことをきかれ、悠木は不安になった。

「そうです」

「じつはちょっと困ったことになりましてね」

検事はわざと、じらすように言う。

悠木は検事の口が開くのを身構えて待った。

「辰巳洋介氏が書こうとしたものと合わないのですよ」

机の上で手を組んで、検事は悠木を見つめた。

「…………」

　検事が何を言おうとしているのかわからず、悠木は息を凝らした。

「辰巳洋介氏はほんとうにあなたの二十四年間を書こうとしていたのですか」

「そうです。そう言ってました」

「そうですか」

　検事は組んだ手を解いて、

「二十四年前、あなたは岐阜で逮捕されていますね」

　あっと、悠木は声を上げそうになった。まさか、その話を持ち出されるとは思わなかった。

「容疑は、奥さんを殺して山中に埋めたという疑いです」

「疑いは晴れました」

　悠木は訴える。

「いえ、証拠不十分で不起訴になったのです。起訴するだけの証拠がなかったということです」

「…………」

「辰巳洋介氏は岐阜地検に事件資料を閲覧に行っています。それから、当時担当検事で、今は弁護士になっている末永弁護士に会いに行っているんです」

そうだ、確か取り調べの検事は末永という名だった。

「末永弁護士の話では、辰巳洋介氏はかなり事件に興味を持っていたようです」

「………」

「あなたが辰巳洋介氏を殺したのは間違いないでしょう。しかし、その動機に、いまひとつ納得出来ないのです」

「………」

「辰巳洋介氏は、あなたが奥さんを殺したと思っていたのではありませんか」

「………」

悠木はあっと思った。自分が妻を殺したことにすれば、すべてうまくいくのではないか。辰巳洋介殺害の動機もはっきりするし、美紗の存在も消せて佐知子に捜査の目が向かうことはなくなる。

辰巳洋介殺害の罪をかぶっているのだから、二十四年前のことも自分の仕業でいい。

悠木はそう思った。

だが、ここですぐ認めたら、また不審をもたれるかもしれない。

悠木は黙って俯いていた。

「これまでにしましょう」

検事は取り調べの終了を告げた。

自分を裏切った女だが、美紗の家族を守るために闘う。それが美紗への復讐になるのだと、悠木は改めて自分に言い聞かせていた。

3

九月下旬になっても、まだ暑い日が続いている。燃えるような陽射しの中、京介は小岩駅の改札を出て小岩中央警察署に向かった。

警察署のロビーは涼しかった。四階に上がり、京介は接見室に入った。

しばらくして、悠木が看守係に連れられて入ってきた。顔つきがいつもと違い、少し興奮しているようだ。

「何かありましたか」

京介は気になってきいた。

「先生は、智美さんのことや『清洲最中本舗』のことを、刑事さんか検事さんにお話しになりましたか」

悠木が身を乗り出してきいた。

「いえ、話していません」

「では、やはり……」

「やはりとは？」

「検事さんに智美さんを知っているかときかれました。辰巳洋介の携帯のスケジュール表に『清洲最中本舗』という名が書き込んであったそうです」

「なるほど」

「それより、検事さんは動機に疑問を持っていました。辰巳洋介は二十四年前の失踪事件に興味を示し、岐阜地検まで当時の捜査資料の閲覧に行ったり、当時の担当検事だった末永弁護士にも会いに行っていたそうです」

「末永弁護士に？」

　辰巳が末永弁護士にまで会いに行っていたことに驚いた。

「はい。辰巳洋介は私が妻を殺して山中に埋めたと疑っていたのではないかと。それで、辰巳洋介は私が妻を殺した証拠を摑んだ。その口封じのために、私が殺したのだと疑っています」

「佐知子さんが美紗さんであるとわかれば、その疑いはすぐ晴れます」

　京介は言ったが、

「いえ、ふたりは別人です」

　悠木は言下に否定した。

　悠木は頑《かたく》なだった。

「で、あなたはそのことで、なんと答えたのですか」

「答えられませんでした」

「答えられない？」

「はい。このことには答えないでいようと思っています」

「なぜ、ですか」

「何もかも素直に自供したら、かえって信憑性《しんぴようせい》を疑われるかもしれないからです。私にとっては、辰巳洋介を殺す動機はどうでもいいんです。あとは検事さんがどう判断するかですが、美紗が死んだことにしたほうがすべてうまくいくと思います」

悠木は吹っ切れたように言い、

「ただ、私が妻を殺したと思っているなら、どこで殺して、死体を埋めたかという取り調べになるのでしょうね。殺人事件の時効は成立しましたから」

「佐知子さんを守ろうとしているのですね」

京介は口をはさむ。

「違います。あのひとは美紗ではありません」

悠木は言いきった。

悠木が誰かをかばっているとしたら、美紗こと佐知子でしかない。しかし、弁護士の京介が佐知子を告発するような真似は出来ない。

弁護人の使命は依頼人の利益を守ることだ。悠木の意に沿わない活動は出来ない。それに、佐知子の身代わりではないかと思っているものの、確たる証拠があるわけではない。

「あなたは、美紗さんと会って直に失踪の理由をききたいとは思わないのですか。このままで、いいのですか」

京介は説得した。

「なぜ、他に男がいるのに自分と結婚したのだとか、離婚したいなら、なぜ正面切って言わなかったのだとか、確かめたいことはたくさんあるのではありませんか」

「いいえ」

悠木は寂しい笑みを浮かべ、

「幸か不幸か、私に残された時間はあと半年です。死と向き合っている状態では昔の恨みつらみなど大したことではありません」

「あなたにはこの方法しかなかったのですか」

「………」

「もっと他にとるべき道はなかったのですか」

「なるべくしてなったのだと思っています」

悠木は静かに答えた。

接見を終えて、エレベーターに向かったとき、

「鶴見先生」

と、背後から声をかけられた。

振りかえると、四十ぐらいの四角い顔の目つきの鋭い男が近づいて来た。茂木警部補だった。

「少し、お話をお伺いしたいんですが」

「はい」

「こちらへ」

先日と同じ衝立で仕切られた場所に案内された。

向かい合うなり、茂木が切り出した。

「悠木良二の取り調べは順調に進んでいたのですが、ここに来て検事さんのほうから疑問が出されましてね。動機がいまひとつ腑に落ちないというのです。被害者の辰巳洋介は二十四年前の事件を調べていた形跡があるのです」

茂木は息継ぎをして、

「悠木は二十四年前に奥さん殺しの疑いで逮捕されているんです。死体は発見されず、証拠不十分で不起訴になりましたが、悠木良二はとても微妙な立場にいるのです」

「悠木良二が奥さんを殺して山中に埋めたとお考えなのですね」

「そうです。辰巳洋介がその証拠を摑んだ。それで口封じのために殺した。そのほうが辰巳洋介を殺す動機が鮮明になります。ただ、この場合、岐阜県警が捜索して摑めなかった証拠を、どうやって辰巳洋介が真相を突き止められたのか。そこがわかりません。考えられるのは、悠木が辰巳洋介の取材に応じているうちに、真相をぽろりと漏らしてしまったということです。そこを、辰巳洋介が衝いてきた」

「それはあり得ないと思います」

「なぜ、ですか」

「悠木良二は毎年郡上八幡の郡上おどりに行き、奥さんが現れるのを待っていたのです。自分が殺したのであれば、現れるはずのない奥さんを探しに行くはずはありません」

「元岐阜地検にいた末永弁護士はこう言っていました。悠木良二は二十四年前に自分が奥さんを殺して山中に埋めた記憶をなくしているのではないかと」

「記憶ですか」

　末永弁護士は京介にも同じことを言っていた。

「あまりに烈しい出来事に遭遇したことで、その部分の記憶だけがぽっかり消えている。辰巳洋介は悠木の記憶が消えているのではないかと気づいたのではありませんか」

「でも、その証拠はありませんね」

　京介は反論する。

「仰るとおりです」

「私に何を？」

茂木がなぜそういうことを弁護人の京介に話すのか、不可解だった。

「警察は、二十四年間の苦しみを誇張して描こうとしたことに怒りを覚えての犯行ということで、事件を終結させようとしたのですが、地検の検事さんが動機に不審を抱いたので、私どもも止まっているのです」

「…………」

「そこで、鶴見先生にざっくばらんにおききしようと思いましてね」

茂木はやや前のめりになって、

「この動機が鶴見先生の作戦ではないか。検事はそう考えているのです」

「作戦？」

「二十四年間の苦しみを誇張して描こうとしたことに怒りを覚えての犯行ということで起訴をさせ、裁判になって犯行を否認する。その策が動機です。辰巳洋介が悠木良二の二十四年間の苦悩を描こうとしていた形跡はありません。悠木良二が言っているだけです。動機が崩れれば、犯行自体も悠木ではないという弁護が展開……」

「お待ちください」

京介は口を挟んだ。

「仮にそうだったとしても、凶器を隠していたなど、悠木が殺したという証拠は揃《そろ》っているのではありませんか。動機に疑いがあったとしても、他の証拠で立証は出来るのではありませんか。それとも、その証拠にも弱点があるのですか」

「………」

茂木が返答に詰まっている。

「何かあったのですか」

京介はきいた。

「鶴見先生は先日、誰かをかばっている可能性を指摘されていましたね。それで、もう一度、被害者の周辺を調べ直したのです。辰巳洋介の周辺にいる女性には皆アリバイがあったと言いましたが、ひとりだけアリバイが成立しない女性がいたことがわかったのです」

「どういう女性ですか」

「小岩のスナックで働いている女性です。事件の当夜は店にいたと言い、スナックのママもその夜は出勤していたと言うので、それを鵜呑《うの》みにしていました。なにしろ、悠木良二が犯行を認めていたので、形だけの調べになっていたのです」

「店に出ていなかったのですか」

「いいえ。店に出ていましたが、十時過ぎから十一時過ぎまで店を抜けていたんです。本人は急用を思い出して近くにある自分のマンションに帰ったと答えました」

「急用の内容は？」

「お客に渡す品物を取りに行ったそうです。確かに、十一時過ぎに帰ってきて常連の客のひとりにプレゼントを渡していました」

「その女性は辰巳洋介と親しかったのですか」

「ママは付き合っていたと言ってました。でも、ママは辰巳洋介はいい加減な男だから心配していたそうです」

「いい加減な男だったのですか」

「そうらしいです」

「その女性が辰巳洋介を殺した可能性も考えられるのですか」

「時間的には犯行が可能ですが、彼女が辰巳洋介を殺す明白な動機は見当たりません。ただ、本人しかわからない確執があったのかもしれませんが」

「男はいかがですか」

「男性で確執のある相手は浮かんできませんでした。が、それだけでなく、事件当夜の午後十一時ごろ、現場付近で女が目撃されているのです。もちろん、事件と関係あるとは思っていませんが……」

茂木は困惑したように言う。

「そのスナックの女性は、悠木良二を知っていたのでしょうか」

「知らないと言っています」

「なるほど」

京介は茂木が何を気にしているのかがわかった。

「裁判で、悠木良二が起訴事実を否認し、現場から逃げていく女を見た。そのあとでマンションに行ったら裏のほうで辰巳洋介が倒れていた。悠木は助け起こした。その際、落ちていた刃物を手にした。このままでは自分が犯人にされてしまうと思い、あわてて指紋をつけてしまった刃物を持って逃げた。そういう弁明をするのではないか、と恐れたのですね」

「そういうことです。鶴見先生にも内緒で、悠木がそんな企みを持っているのではないかと、検事さんも用心深くなっているのです。なにしろ、悠木の動機もいまひとつしっくり来ないのですから」

「………」

「そこで、目を向けたのが二十四年前の奥さんの失踪事件です。当時、悠木は逮捕されている。どういう経緯で、辰巳洋介が真相を摑んだのかわかりませんが、悠木が奥さんを殺した証拠を見つけたのではないか。それが殺害の動機ならしっくりいくのです」

「すみませんが、その女性の名前と連絡先を教えていただけませんか」

京介は頼んだ。

「ちょっとお待ちください」

茂木は席を立って自分の机に向かった。

しばらくして、メモ用紙を持って戻ってきた。

「これです」

メモを寄越した。飯田真菜《いいだまな》という名と携帯の電話番号が書いてあった。

「辰巳洋介の携帯に『清洲最中本舗』の記録があったそうですね。警察は、このほうには捜査の目は？」

「智美という娘の母親が二十四年前に失踪した悠木良二の奥さんではないかということでしたね。悠木は否定していますし、母親の戸籍を調べましたが、悠木の奥さんとつながるものはありませんでした」

「佐知子さんの戸籍を調べたのですね」

「ええ。念のためにご主人と義父からも話を聞いています。問題はありませんでした」

「そこまでされていたのですか」

さすが警察だと、京介は感心したが、悠木の否定の言葉をそのまま信じてしまっていいのかとも思った。

もっとも、自分を裏切った妻を許すとは想像出来なかったのかもしれない。

小岩中央警察署を出て小岩駅に向かいながら、京介は自分が被害者の周辺の調査をしなかったことに忸怩《じくじ》たるものがあった。

佐知子が美紗であるという前提に立っていたので、被害者周辺の調べが疎《おろそ》かになっていた。

京介は駅に着いて、人気《ひとけ》のない場所から飯田真菜に電話をした。すぐ、女の声が返ってきた。

「飯田真菜さんですか」

「そうですけど」

用心深そうな声だ。

「私は弁護士の鶴見と申します。辰巳洋介さんを殺した疑いで捕まっている悠木良二の弁護人です。事件のことで、少しお話をお伺いしたいのですが」

「構いませんけど」

真菜はあっさり言った。

「どちらか指定していただければお伺いいたします」

「会社は両国《りょうごく》なんです。五時に終わりますけど」

「駅前にホテルがありましたね。そこのロビーに五時半でいかがでしょうか」

「わかりました」

約束して、携帯を切った。

今から行けば、ちょうどいい時間になりそうだった。

待ち合わせ場所に約束の時間より早く着いたが、すでに二十七、八歳の大柄な女性が入口近くに立っていた。

「飯田さんですか」

京介は声をかけた。

「そうです」

「弁護士の鶴見です」

京介は身分証を見せた。

頷いて、真菜はにこっと笑みを浮かべた。

喫茶室に入って、窓際の席に着いた。

ウェーターにコーヒーをふたつ注文して、

「すみません。お時間を作っていただいて」

「いえ」

「きょうはお店は？」

「七時に出ることになっているんです」

「そうですか」

コーヒーが届くまで、京介は世間話で過ごした。

佐知子は小柄なほうだが、真菜は大柄だ。もし、真菜が辰巳洋介を殺したのだとしたら、悠木が真菜を見て佐知子だと思うはずはない。

ウェーターが飲み物を置いて去って、京介はさっそく切り出した。

「あなたは、辰巳洋介さんとはどのようなご関係だったのですか」

「たまに誘われて食事に行く程度の付き合いです」

「お付き合いしていたわけではないのですか」

「いえ、そういう仲ではありません。ママが勝手に決めつけているんです、付き合っているって」

恋人を失った悲しみのようなものは窺えなかった。

「辰巳洋介さんはどんなひとでしたか」

「ずうずうしいひとでした。なにしろ相手のことなど考えないで。取材をする上ではあのように強引なほうがいいのでしょうけど」

「辰巳さんから、清須の話を聞いたことはありませんか」

「清須？　いえ」

「辰巳さんが今どんな仕事をしているか、聞いたことはありませんか」

「戸籍売買の実態について調べていると言ってました」

「戸籍売買ですか。で、具体的に特定の人物のことを話題にはしていませんでしたか」

「特定の、ですか」

「たとえば、二十四年前に行方不明になった人間がその後どうしたかとか」

「そう言えば……」

真菜は首を傾げ、考えている。

京介は待った。

「行方不明ではなく、二十四年前に戸籍を売った女と出会ったって言ってました」

「なんですって。二十四年前に戸籍を売った女？　どこの誰かわかりますか」

「いえ。それ以上は詳しく話してくれませんでしたから」

「そうですか」

辰巳の担当の編集者に会えばわかるかもしれない。

「辰巳さんはお店に出版社のひととは来ませんでしたか」

「来ました」

「そのひとの名前はわかりますか」

「ママにきけばわかります。必要なら、今夜きいてお知らせしましょうか」

「お願い出来ますか」

「はい」

真菜は請け合ってくれた。

京介は真菜と別れ、虎ノ門の事務所に戻った。

夜八時ごろに真菜から電話が入ったとき、京介はまだ事務所で仕事をしていた。

4

翌日の夕方、編集者の江本直也《えもとなおや》が事務所にやって来た。

真菜から聞いた電話番号にかけ、悠木良二の弁護人だと名乗って用件を告げると、江本は事務所に来てくれることになったのだ。

「わざわざすみません」

京介は出迎えて言う。江本は長身の痩せた男だった。

「いえ、近いですから」

会社は新橋だという。

執務室に招き入れ、京介は江本と向かい合った。

「さっそくですが、江本さんは辰巳洋介さんといっしょに仕事をしていらしたのですか」

「そうなりますね」

「そうなると仰いますと？」

「まだ辰巳さんも構想段階でしたので、いっしょに取材していたわけではありません」

「その構想というのは？」

「辰巳さんは戸籍売買に興味を持っていました。今度はそれを書こうと思っていると話していました」

「なぜ、戸籍売買に興味を持ったのかわかりますか」

「ネットで戸籍を買いたいという書き込みを見てショックを受け、いろいろ調べていて、戸籍を欲しがっているある女性と出会った。そのことがきっかけで本格的に取材してみようと思ったそうです」

「ある女性とは？」

「二十四年前に、ある事情から自分の戸籍を売ったそうです」

「誰に売ったのかきいていますか」

「いえ」

「その女性の名は？」

「聞いていません」

「その女性がどこの誰かわかりませんか」

「辰巳さんは私にも話してくれませんでした」

江本は首を横に振った。

「どうしてですか」

「その女性は、自分のことは誰にも話さないという条件で会ってくれたそうです。ですから、私にも詳しいことは話してくれませんでした」

「そうですか」

「でも、私は半分疑っていたのです」

「何を疑っていたのですか」

「その女性が、ほんとうのことを話しているのかどうか」

江本は顔をしかめ、

「その女性はいちいち取材費を要求するそうなんです。三十分で一万だそうです」

「三十分で一万……」

「騙《だま》されているのではないかときいたのですが、辰巳さんは本物だと信じていました」

「その女性を見つける手掛かりはありませんか。辰巳さんの携帯にはその女性の連絡先は登録されているのでしょうか」

「連絡をとりあっていたのですから、登録されているはずです。ただ、名前はわからないので、特定は出来ませんが。それより、取材ノートがあるはずです」

「取材ノートですか」

「ええ、取材したときの聞き取りをメモしているはずです。取材ノートと携帯から見つけ出すことは出来るかもしれません」

「そうですね。辰巳さんの所持品は今も警察でしょうか」

「いえ、遺族が引き取ったはずです」

「遺族は？」

「千葉に両親と兄夫婦が住んでいます。辰巳さんは独身ですから」

「千葉ですか」

「近々、ご両親に取材ノートをお借りしに行くことになっています。そのとき、携帯もお借りして、お届けします」

「そうしていただけると助かります」

江本が引き上げたあと、京介は微かに興奮しながら戸籍を売った女に思いを馳せた。

その後、辰巳が清須まで足を運んでいることを考えたら、その女が美紗に戸籍を売ったのではないかと思える。

つまり、本物の佐知子の可能性がある。

本物の佐知子は戸籍を売ったあと、無戸籍で二十四年間を過ごしてきた。戸籍がなければ、公的な手続きは出来ない。それでも、それを必要とせずに暮らしてきた。

しかし、ここに来てどうしても戸籍が必要な事態になったのだ。結婚か、運転免許証か、あるいは就職……。

そう想像した。

辰巳は同じ二十四年前に中山七里で行方不明になった女性がいることを知った。そして、佐知子の戸籍を調べて、清須の『清洲最中本舗』に嫁いでいることを知る。

こういう一連の流れを考えた。やはり、辰巳は『清洲最中本舗』の佐知子に会いに行ったはずだ。

辰巳洋介は二十四年前の失踪事件の真相に気づいたのだ。そのことを、悠木良二にも話したのではないか。

佐知子こと美紗の今の暮らしを守ってやりたいと思ったとしたら、悠木には辰巳を殺す動機があることになる。

京介ははっとなった。辰巳洋介を殺したのが佐知子で、その佐知子を助けようとして悠木が身代わりになったと考えていたが、最初から佐知子を助けるために、悠木が辰巳を殺すことも十分に考えられた。

悠木良二がやはり犯人なのか。

翌日指定された午後三時に、京介は小岩中央警察署に赴いた。十分ほど待たされたが、接見室で悠木良二と向かい合った。もうすぐ勾留期限が来て、さらに十日間勾留が延長されることになるだろう。

「悠木さん、辰巳洋介は戸籍売買の実態について取材をしていたそうですね。そのことを辰巳さんから聞きましたね」

「ええ」

「辰巳洋介は二十四年前に自分の戸籍を売った女性と知り合ったということをあなたに話しましたね。あなたは奥さんの美紗さんが佐知子という女性の戸籍を手に入れたと悟ったのですね」

「………」

「悠木さん」

京介は口調を強め、

「真実を語ってください」

と、訴えた。

「本物の佐知子は自分の戸籍を美紗さんに売ったのです。おそらく金を出したのは『清洲最中本舗』の浩太郎さんでしょう。辰巳洋介はそのことを確かめるために、浩太郎さんと佐知子さんに会いに行ったのです」

「真実ってなんですか。何が真実かなんて誰にもわからないんじゃないですか。ひとを不幸にすることがわかっているのに、なぜそのことを暴かなければならないのですか」

「いまが不幸ではないですか」

　京介は反論した。

「あなたは無実の罪をかぶろうとしている。真犯人は罪に怯《おび》え、良心の呵責《かしやく》で苦しみもがく。それが不幸ではないんですか」

「………」

「悠木さん。真実からまた何か見えてくるかもしれません。新しい手立てがあるかもしれません」

　京介はアクリルボードに額をくっつけるようにして、

「よく考えてください。美紗さんが戸籍を買って佐知子という別人になっていたという事実が明らかになって誰が泣くことになるのですか。他人の戸籍を買った罪はあるでしょう。そして、公正証書原本不実記載等の罪に問われます。しかし、それも二十四年前のこと。時効が……」

　そう言いながら、ふと京介の脳裏をあることが掠めた。佐知子こと美紗にとって他人の戸籍を手に入れてその人間になりすましていたことが明らかになって不都合があるのは丸川ではない。あるのは悠木に対してだ。

　自分の正体がばれれば悠木が会いに来る。その恐れから辰巳洋介を殺した。そう思っていたが……。

「先生。一番傷つくのは娘の智美さんじゃないですか。母親が他人になりすましていた上に……」

悠木は言葉を切った。

「なんですか」

「いえ、なんでも」

「ひとを殺したと？」

「いえ、違います」

「悠木さん、ほんとうのことを仰ってください。事件の夜、あなたは辰巳洋介のマンションに行った。そこで誰かを見かけたのではありませんか」

「いえ」

「あなたが見たのは女性です。佐知子さんだったのでは？」

「違います」

「だから、あなたは身代わりになろうとした。そうではないんですか」

「私がなんであんな女のために身代わりにならなきゃいけないんですか」

「佐知子さんが美紗さんだからです」

「ばかばかしい。仮にそうだとしても、私を裏切った女のためになぜ私がそんなことをしなくてはいけないんですか」

「その微妙な心理は私にはわかりません。でも、あなたは美紗さんのために自分を犠牲にしようとしている。私にはそう思えてならないのです」

「違います」

「では、智美さんですか」

「……………」

「奥さんにそっくりな智美さんを悲しませたくない。そう思ったのでは?」

「違います。辰巳洋介を殺したのは……」

「悠木さん」

京介は悠木の言葉を遮って、

「智美さんは気丈な女性です。どんな事態になっても乗り越えられます。それより、自分に母親のことで声をかけてきたふたりの男性が、加害者と被害者になった事実のほうが、より彼女を混乱させて苦しめているはずです」

「間違っています。二十四年間も私を苦しめてきた女のために、そこまでするようなお人好しではありません」

「まさか」

京介はあっと気づいた。

「あなたは、美紗さんの身代わりになることで、あなたのことを美紗さんの心に終生焼き付けようとしているのでは？　美紗さんにあなたへの負い目から苦しみながらの一生を送らせる。そういう形で、あなたは夫の浩太郎さんから美紗さんを取り戻そうとしているのではありませんか」

「………」

「でも、それであなたは満足なんですか。二十四年間の苦しみが癒されるのですか」

悠木は反論しようとして口を開きかけたが、声にはならなかった。

京介は間を置き、

「悠木さん、あなたが見かけた女はほんとうに佐知子さんだったのですか」

と、確かめる。

「えっ？」

「佐知子さんに辰巳洋介を殺さねばならない理由があるでしょうか。確かに、他人の戸籍で生きてきたことを暴かれたら佐知子さんも困るでしょう。しかし、そのことが明らかになって傷つくのは誰でしょうか。これが、美紗さんが勝手に戸籍を買って他人になりすまして『清洲最中本舗』に嫁入りをしたのなら、ご主人もショックを受けるでしょうが、美紗さんの場合は違います。ご主人とふたりして他人の戸籍を買ったと思われます。したがって傷つくのは智美さんだけです。でも、佐知子さんがほんとうに恐怖を抱いたのは、あなたに知られることだったと思います」

「………」

「あなたに自分の居場所を知られるのを防ぐために、辰巳洋介を殺したのでしょうか」

佐知子が辰巳洋介を殺したという前提で話を進めていたが、悠木は異を唱えなかった。

「あなたは郡上八幡で智美さんに声をかけましたね。そのことを、智美さんは佐知子さんに話していたようです。おそらく、その話を聞いて、佐知子さんはあなただと思ったはずです。そうすると、妙ではありませんか。あなたに知られた以上、佐知子さんには辰巳洋介の口を封じる理由がないということになります」

「………」

悠木は目を見開いた。

「どうですか。そう思いませんか」

悠木は苦しそうに首を横に振る。

看守係が顔を出し、接見の終了を告げた。

「悠木さん、よく考えるのです。あなたのやっていることがほんとうに正しいのか。いえ、それより、あなたはほんとうに美紗さんを苦しめたいのか」

「………」

悠木は座ったまま茫然としていた。看守係が悠木に立つように命じた。やっと悠木は立ち上がって、引っ張られるように背後のドアに向かった。

事務所に帰って、京介は智美に電話を入れた。

「弁護士の鶴見です。少し、お訊ねしたいことがあるのですが」

「わかりました。明日の夕方でしたら事務所にお伺い出来ます」

「そうですか。お待ちしています」

京介は約束をとりつけて電話を切った。

窓辺に立ち、暮れなずむ街を見下ろしながら、京介は辰巳洋介殺しを考えた。

悠木が身代わりになるのは佐知子こと美紗のためとしか考えられない。だが、ほんとうに、悠木が見たのは美紗だったのか。

悠木は美紗だと思い込んだが、実際は別人だったのではないか。

二十四年前に自分の戸籍を売ったという女が気になる。その女と辰巳がトラブルになったということも考えられる。

編集者の江本が千葉の実家から取材ノートと携帯を借りてきてくれるのを待つしかなかった。

悠木の勾留期限は十日間延長されるだろうが、じきに期限が来る。このままでは、悠木は起訴されるだろう。

それまでになんとか真相を突き止めたかった。

京介は机に戻り、離婚訴訟のための書面作りにかかったが、ふとしたときに悠木のことを考えていた。

悠木がなぜ、自分を裏切った女のために身代わりになるのか。美紗に負い目を与えて苦しめる。それが狙いかもしれないが、それだけではないはずだ。智美のこと。そう思えてならない。

智美に、二十四年前の美紗を見ているのではないか。そこに悠木を裏切る前の美紗の姿がある。

楽しかった日々が蘇ったのか。

悠木は余命半年から一年。新たな治療をやめたため半年に縮まったという。この現実が、悠木に身代わりを決心させたことは間違いない。

しかし、このまま死んでいくとしたら、あまりにも悠木が可哀そうだ。二十八歳のときに妻が失踪。もし、死んだのなら、当座は悲嘆にくれてもやがて立ち直ることが出来ただろう。

この二十四年間、悠木は美紗を探すことだけに人生をかけてきて、やっと見つかった彼女は仕合わせな家庭を作っていたのだ。

これでは悠木が可哀そう過ぎる。このまま人生の最後を刑務所で迎えさせたくはない。

本人はそのつもりだ。生きる意味も希望もないからだ。だが、そうはさせたくなかった。

5

翌日の夕方に、智美が事務所にやって来た。

緊張しているようだった。前回、母のことを父に確かめてみると言って別れたが、どんな話し合いがあったのか。

「あの……」

智美がおずおずと口を開いた。

「清須に帰って母のことを父にきいてみました。そしたら、母さんは名古屋の中村というところの出だと言いました。父さんと結婚する前に両親は亡くなっているので実家はとうになくなっていると言ってました。名古屋に店を出すための打ち合わせに行った際に、お祖父さんが母さんを見て気に入って、父さんと引き合わせたと言ってました」

智美は続ける。

「二十四年前に中山七里で行方不明になった女性のことを知っているかときいたら、そんなニュースがあったようだが、覚えていないと言ってました」

「あなたは納得出来ましたか」

「いえ。いつもはやさしい父がこの話のときには怖い顔になっていました。東京からやって来た怪しげなフリージャーナリストが変なことを言っていたが、とんでもない勘違いをしていたと」

「やはり、フリージャーナリストの辰巳洋介さんは清須まで行ったのですね」

「そうみたいです」

「辰巳さんが殺されたことはお話に？」

「いえ、そこまではきけませんでした。母がそのことに関係しているのでしょうか」

智美は真剣な眼差しできいた。

「その前に、おききしたいのですが」

京介は切り出した。

「郡上八幡で、悠木さんから母親の黒子のことをきかれましたね。あなたは、そのことをお母さんに話しましたか」

「はい。話しました。なにしろ、二度目だったので」

「二度目というと、それ以前に辰巳洋介からきかれたからですね」

「はい。そうです」

やはり、そうだったのだ。京介が清須の店で佐知子に会ったときは警戒していたのだ。

「そのときの反応はいかがでしたか」

「少し顔色を変えて、しばらく黙っていました。それから、薄気味悪いわねって」

「辰巳さんが清須にやって来たのはそのあとのことなんですね」

「そうみたいです。私が東京に戻ったあとのことです」

そうであれば、辰巳洋介がやって来た時点で、佐知子は悠木良二が自分を探し当てたことに気づいたかもしれない。

佐知子は辰巳洋介殺しと関係ない。京介は安堵《あんど》したようにため息をついた。

「智美さん。どうやら悠木さんは大きな勘違いをしているようです」

「勘違い？」

「悠木さんは、辰巳洋介殺しをお母さまの仕業だと思い込んだようです。それで、身代わりになろうとしたのです」

「悠木さんが母のために？」

「それに間違いないと思います」

「じゃあ、早く悠木さんに母ではないと伝えてあげてください」

智美が焦ったように訴える。

「ただ、もうひとつ、悠木さんが守ろうとしていることがあります。お母さまが他人の戸籍を買ったことを隠そうとしていることです。もし、勘違いだったとわかったとしても、なぜ身代わりになろうとしたかを説明するためには、お母さまの戸籍のことを口にしないと警察に納得してもらえないでしょう。だから、勘違いだとわかっても、このまま罪をかぶるかもしれません」

「なぜなんでしょうか。自分を裏切った人間じゃありませんか。そんな女のために自分を犠牲に出来るのでしょうか」

智美は疑問を口にした。

「おそらく、あなただと思います」

「私？」

智美は不審そうに見た。

「あなたに若い頃の奥さんを見ているのです。そんなあなたを傷つけまいとしているのだと思います」

「そんな……」

「それともうひとつ。悠木さんは末期癌で余命半年から一年だそうです」

「まあ」

智美は絶句した。

「戸籍の件が明らかになっても、智美さんは心配いらないと言っているのですが」

「私は大丈夫です。どうか、悠木さんを助けてあげてください」

「必ず、助けます」

京介は自分にも言い聞かせるように言い、

「お願いがあるのですが」

と、智美に頼んだ。

「私に出来ることならなんでもします。仰ってください」

「あなたのご両親にお会いしたいのです。私が会いたいということをお伝えしていただけませんか。私の話を聞いていただくだけで構いません」

「わかりました」

「もし承諾していただけたら、清須まで伺います」

「さっそく今夜電話をしてみます」

智美が立ち上がって言う。

京介は見送ってから、机に向かい、改めて事件を考えた。

悠木は現場から逃げていく女を佐知子だと思ったのだ。犯人は女に間違いない。ます、二十四年前に戸籍を売ったという女が重要に思えてきた。

その女は情報を提供するたびに金を要求したという。金銭のもつれが殺人にまで発展したものと思える。

そうだとしたら、悠木は何の関係もない人を庇っていることになるが、もし悠木が犯行を否認すれば、警察の捜査が被害者の周辺にも及び、厳しい捜査の末にその女のことも明らかになったはずだ。

そういう意味では、悠木の勘違いが捜査を混乱させたと言える。今になって犯行を否認して、警察は信用するだろうか。難しいと言わざるを得ない。今、警察は悠木の犯行は間違いないものとして、その動機に疑問を持っているだけなのだ。

携帯が鳴った。智美からだ。

「はい、鶴見です」

「丸川智美です。事務所を出てから父に電話をしました。お話を聞くだけなら、明日の四時以降、母とふたりでお会いしてもいいそうです」

「明日の四時以降ですか」

京介は迷った。明日の夜は柏田に誘われている。

「わかりました。明日の四時にお伺いするとお伝え願えませんか」

「四時ですね。はい、そう伝えておきます」

電話を切ったあと、京介は柏田の部屋に行った。

柏田は書類から顔を上げた。

「先生、お願いがあるのですが」

京介は執務机の前に立って口を開いた。

「なにかね」

「じつは、明日の午後に清須まで行ってきたいのです」

京介は事情を説明し、

「夜に間に合いません。申し訳ありませんが、明日の件は……」

「そうか、わかった。気にすることはない。それより、そっちの件のほうが重要だ」

「すみません。ありがとうございます」

「またの機会にしよう」

柏田は少し残念そうに言った。


翌日の午後、京介は名古屋で東海道線に乗り換えて清須に向かった。

清洲の改札を出て、清洲城を目指す。どんよりして今にも降り出しそうな空模様だ。

帰りは雨になるかもしれないと思った。

川を渡り、『清洲最中本舗』の看板が出ている店の前にやって来た。約束の四時になるところだった。

京介は店の隣にある玄関のインターホンを押した。すぐに女の声で応答があった。

「弁護士の鶴見と申しますが」

「はい」

ほどなくドアが開いた。佐知子が立っていた。

「弁護士の鶴見です。いつぞや、お会いいたしました」

「やっぱり、あなたでしたか」

佐知子が眉を微かに寄せ、

「どうぞ」

と、招じた。

「失礼します」

京介は玄関の横にある客間に案内された。

六畳間で真ん中にテーブルがあって、座布団が置いてある。床の間に掛け軸と花瓶があって花が活《い》けてあった。

すぐに佐知子と夫の浩太郎がやって来て、テーブルをはさんで向かい合った。

お互いに名乗りあってから、京介は口を開いた。

「どうしても聞いていただきたいことがあってここに参りました。これからお話しすることは何ら証拠もなく、ただ私が想像しているだけのことです。したがって、間違っているところもあると思いますが」

京介は一呼吸間を置き、

「今、フリージャーナリストの辰巳洋介さんを殺した疑いで、悠木良二というひとが警察に逮捕されて勾留されています」

佐知子の表情に濃い翳《かげ》が射した。

「この悠木さんは二十四年前に奥さんの美紗さんが行方不明になっているんです。悠木さんはずっと奥さんを探し続けてきました。そして、郡上おどりで美紗さんに似た智美さんを見つけたのです。黒子の位置が同じだそうです」

佐知子の顎にある黒子が目に入った。

「私は悠木さんから頼まれ、智美さんのお母さんに会いに来ました」

佐知子は頷いたかのように俯いた。

「私はそのあとで悠木さんを東京から呼び寄せ、後から智美さんのお母さんを見てもらいました。悠木さんは違う、と言ったのです」

佐知子は顔を上げた。

「でも、私はそのときの悠木さんの態度から嘘をついているのだと思いました。そして、それを機に、悠木さんは奥さんを探すのをやめると言いました。それからしばらくして、フリージャーナリストの辰巳洋介氏が殺されました。犯行時刻に現場付近にいたこと、数日前に辰巳洋介氏と口論していたことなどから、悠木さんの犯行ということで逮捕されたのです。悠木さんは素直に犯行を認め、自供どおり血のついた凶器が見つかりました」

佐知子も浩太郎も厳しい表情で聞いている。

「犯行の動機について、悠木さんはこう話しています。辰巳さんが妻に失踪された男の二十四年間の様子を悲惨な形で描こうとしたことに怒りを抑えきれなかったと。しかし、この動機には納得いきません。その程度のことでひとを殺すのかと」

京介はふたりの顔を交互に見て、

「私はこう見ています。じつは、辰巳洋介が殺された時刻、不審な女が現場付近から立ち去っていくのが目撃されているのです。私は悠木さんもその女を見ていたと思います。そのあとで、悠木さんは辰巳洋介の死体を見つけました。悠木さんは咄嗟《とっさ》にある考えに思い至ったのです。その女が殺したのだと。そして、その女が佐知子さん、あなただと信じてしまったのです」

「なんですって」

はじめて、佐知子が声を上げた。

「辰巳洋介氏は戸籍売買の実態について取材していたのです。その過程で、二十四年前に自分の戸籍を売ったという女性と知り合ったのです」

浩太郎の表情が動いた。

「悠木さんは、佐知子さんが他人の戸籍を手に入れた秘密を暴かれるのを阻止しようとして辰巳氏を殺したのだと考えてしまったのです。おそらく現場付近で見かけた女は佐知子さんに似ていたのだと思います」

「佐知子はそんなことはしていません。事件のあった日は東京に行ってません」

はじめて、浩太郎が口を開いた。

「はい。犯人は辰巳さんの周辺にいる女の可能性が高いと思います」

自分の戸籍を売った女だとはまだ証拠があるわけではないので言えなかった。

「でも、悠木さんは自分の無実を訴えようとはしません。自分が無実を訴えることで、あなたが他人の戸籍で暮らしてきたことが明るみに出ることを恐れているのです。それだけでなく、智美さんに与える影響を慮《おもんぱか》っているようです」

身代わりになることで、悠木のことを美紗の心に終生焼き付けさせようとしているのだということは口にしなかった。

京介は佐知子に顔を向け、

「じつは悠木さんは末期癌で、余命半年から一年と宣告されているのです」

「えっ」

佐知子は悲鳴のように叫んだ。

「秘密を守るためにすべての罪を背負って死んでいこうとしているのです」

「…………」

佐知子は口をあえがせたが声にならなかった。

「私は悠木さんに早く自由の身になってもらい、残りの人生を平穏に過ごしてもらいたいと思っているのです。でも、自由の身になっても、心安らかな日々を過ごすことは出来ないと思いますが」

「なぜ、ですか」

佐知子がきいた。

「身代わりになろうとしたことでもわかるとおり、悠木さんは美紗さんのことが忘れられないはずです。そのことの苦しみを抱えながら生きていくことになるでしょう」

「………」

「長々とお話をしてすみませんでした。私には戸籍の売買があったかどうかなどを調べる権利も義務もありません。ただ、このままでは、悠木さんはやってもいない罪をかぶることになります。それが、悠木さんが選んだことですので」

京介は挨拶をして立ち上がった。

客間を出て玄関に向かうと、廊下に車椅子に乗った八十近い老人がいた。浩太郎の父親の浩三だろう。

じっと京介を見ていた。京介は会釈をして靴を履いた。佐知子と浩太郎に見送られて、玄関を出た。空は暗くなっていたが、まだ雨は降りだしていなかった。

第四章　家　族

1

京介は接見室で悠木が現れるのを待っていた。

向かいに見えるドアが開き、看守係に連れられて悠木が入って来た。アクリルボードの仕切りの前の椅子に座るのを待って、京介は切り出した。

「昨日、佐知子さんと会ってきました」

悠木は目を見開いたが何も言わなかった。

「他人の戸籍を買ったとは口にしませんでしたが、反論しなかったことで私は認めたものと思っています。佐知子さんが美紗さんです」

「………」

悠木は苦しそうな顔をした。

「あなたは気がつきながら自分の思いを殺したのですね」

京介は口調を改め、

「悠木さん。辰巳洋介氏を殺したのは佐知子さんではありません。事件の日、佐知子さんは清須にいたそうです」

「………」

悠木は疑《うたぐ》り深い目を向けた。

「悠木さん。ほんとうのことをお話しください。あなたはあの夜、辰巳さんに会いに行った。そのとき、現場付近から逃げていく女を見た。そのあとで、辰巳さんの死体を見つけた。それで、逃げていった女を佐知子さんだと思い込んでしまったのですね」

「………」

「その女は佐知子さんではないのです」

「誰だと言うんですか」

「まだわかりません。ただ、辰巳さんの周辺にいる女だと思います」

悠木は俯いた。

「それから、娘の智美さんはすでに母親が他人の戸籍で生きてきたと気づいています。ですから、あなたが罪をかぶる理由はまったくないのです」

「そんな、今さら……」

悠木は顔をあげ、絶句した。

「今からでも遅くありません。ほんとうのことを話すのです」

「でも」

「よけいなことを考えなくていいのです」

京介は身を乗り出し、

「逃げていく女が佐知子さんだと思ったと、正直に言うのです。佐知子さんをかばうために凶器の刃物を隠したと」

「無理です」

「無理？」

「私は今までずっと自分が殺《や》ったと言ってきたのです。今さら、警察が信用するはずありません」

「理由があったのです。あなたは奥さんを二十四年前の失踪からずっと探してきたことを話すのです」

「先生」

悠木は儚《はかな》い笑みを浮かべた。

「疑いが晴れてここを出たところで、私を待っているのは半年先に確実に訪れる死です。そんなところに帰っても意味がありません」

「何を言うのですか。仮に余命半年でも、その半年間を精一杯生きて……」

「苦しいだけです」

悠木は叫んで京介の言葉を遮った。

「ここを出て、木場のマンションに帰れと言うのですか。美紗と暮らした部屋です。その美紗は名前を変えて仕合わせな家庭を作っているんです。思い出すなといっても、そのことは頭から離れません。苦しみながら生きるなら、いっそ拘置所で暮らしたほうが少しでも気が紛れます」

「悠木さん。佐知子さんはあなたのことを知っているんですよ。一度、佐知子さんと会って話をするべきです」

「かえって惨めになるだけです。私と結婚したものの好きな男が忘れられなかった。私を捨ててその男のもとに走ったのです。それも、あんな残酷な方法で。それほど、私と別れたかったのだという説明を聞けと言うのですか」

「そうです。奥さんがなぜ、あなたではなく今のご主人を選んだのか。なぜ、あのような失踪をしたのか、あなたは知るべきです。どんなに残酷なことでも知らぬまま死んでいくより、知ったほうがいい」

京介は説得する。

「いいですか。このままでは真犯人はのうのうと生きていくことになるのですよ」

「真犯人だって止《や》むに止まれぬ事情から殺したのでしょう。決して、自己利益だけで殺したのではないかもしれません」

「悠木さん………」

京介は愕然とした。

悠木はもう生きる気力を失っているのかもしれない。

看守係が顔を出した。あっと言う間に接見時間がなくなった。

「悠木さん。ゆっくり考えてください。自分にとって何が大切なのか。このまま他人の罪をかぶって悔いはないのか。二十四年前、奥さんがどんな思いで、あのような失踪をしたのか、それを知らないままでいいのか」

悠木は立ち上がり、深々と頭を下げた。

悠木が部屋を出てドアが閉まっても、京介はすぐに立ち上がることが出来なかった。生きることを諦めた人間を前に、いかに自分は無能かを思い知らされた。

接見室を出て、京介は茂木警部補を呼んでもらった。

茂木がやって来た。

「お話があるのですが」

「わかりました。どうぞ、こちらに」

壁際にある衝立で仕切られた応接セットに腰を下ろしてから、

「悠木良二のことですが、本人が罪を認めているのは、ある女性をかばっているからなのです」

と、切り出した。

「鶴見先生。いきなり、そんな話をされても困ります。いくら、依頼人を助けたいからと言って……」

茂木は苦笑した。

「いえ。悠木良二は罪をかぶるつもりです。私の説得に応じようとしません。それで、私の考えをお伝えしておいたほうがいいかと思いまして」

「そうですか」

茂木は真顔になって、

「では、一応話をお聞きしましょう」

と、居住まいを正した。

『清洲最中本舗』の佐知子の件から辰巳洋介が戸籍売買の実態の取材をしていたという話を交え、一連の流れを説明した。

「悠木良二は逃げていった女が佐知子だと思ったのです。自分の秘密を守るために口封じをしたのだと勝手に思い込み、身代わりになろうとしたのです」

「なるほど。佐知子のためを思って身代わりですか。そうだとしたら、佐知子の秘密を守るために、悠木良二が辰巳洋介を殺したという解釈も成り立ちますね」

「………」

「悠木の動機に納得いかなかった点が、今のお話で解決できます。佐知子という女性の秘密を守るために殺した。立派な動機です」

茂木は含み笑いをする。

「確かに」

京介は頷いてから、

「おそらく、悠木良二はその動機を認めませんよ。あくまでも最初の動機で押し通すはずです」

「それは鶴見先生の指示でですか」

「いえ。悠木良二の考えです」

「そうですか。わかりました。今お聞きしたことを調べてみましょう」

「それより、犯行時間に不審な女が目撃されていないか、調べたのでしょうか」

「一応は調べてみました。でも、事件との関連はつかめませんでした」

「悠木良二が身代わりになっているという仮定で、事件を見直されたのでしょうか」

「ええ。でも、悠木良二の犯行以外にあり得ないという結論です。その最大の根拠が凶器の刃物です。犯人は殺害後、重要な証拠となり得る凶器を現場に残しておくなど考えられません。持ち帰るはずです。あとから駆けつけた悠木良二が凶器を持っていることは不自然です。すなわち、凶器を隠し持っていたことだけをとっても、悠木良二の犯行と考えるのが妥当でしょう」

「女の力です。刺したとき、辰巳洋介に手をつかまれて刃物を残したまま逃げたとも考えられませんか」

「いくら女とはいえ、相手は致命傷を負っているんです。凶器を奪うことは出来るはずです」

茂木は腕時計に目をやり、

「たいへん参考になるご意見をありがとうございました。そろそろ取り調べの時間なので、これで」

と、打ち切るように言った。

「悠木良二の容体を十分にご配慮していただきますように」

京介は立ち上がって言う。

「わかっています」

京介は茂木と別れ、エレベーターで一階に下りた。

警察の反応は予想どおりだった。悠木良二の犯行と断定しており、問題は動機だけだった。そこに、京介がおいしい餌を与えた感じになったが、いずれにしろ、真犯人を見つけ出さない限り、無実を証明することは難しい。

悠木の体調を考えれば、裁判まで持っていく時間の猶予はない。早く、真犯人を探さねばならない。

事務所に戻ったとき、編集者の江本から電話があった。

「今、千葉から帰ってきました。取材ノートありました。もし、よろしければ、これからお伺いいたしますが」

「ぜひ、お願い出来ますか」

「わかりました。三十分ほどで着けると思います」

「お待ちしております」

悠木を助けることが出来るかもしれない取材ノートが間もなく届く。もちろん、二十四年前に戸籍を売った女を探すためだ。

きっちり三十分後に、江本がやって来た。

執務室のテーブルをはさんで向かい合うなり、江本はバッグから大学ノートを取り出した。

「これが取材ノートです」

江本はあるページを開き、

「ここに例の女のことが記されています」

京介はノートを見る。

七月二十日の日付に、秋野綾《あきのあや》という名と携帯の電話番号が殴り書きのように記されている。

二十四年前の戸籍名は五十万。その横に二万、と数字。共に金額だろう。秋野綾から要求された額か。支払った金か。

百万で売る、という記述。水商売。店。銀行融資という単語が並んでいる。そして、結婚という文字もあった。

「二十四年前に戸籍を百万で売った。戸籍名を知りたければ五十万出せということじゃないですか」

江本が推測する。

「そうですね。その後、水商売で生きてきた。店というのは今度自分が店を持つ。そのために銀行から金を借りたいということでしょうか」

京介も想像する。

「ええ、同時に結婚話もあるのかもしれません」

「これらが新たに戸籍を手に入れたいという理由のようですね」

京介は言ってから、

「何か揉め事があったとしたら、この五十万でしょうか。戸籍名を知りたければ五十万出せという無茶な要求がトラブルの元かもしれませんね」

「ええ。そうかもしれません」

「この秋野綾が辰巳洋介を殺したものなら、売った戸籍の名を教えたのに、辰巳さんが支払ってくれなかったという動機が考えられますが」

京介はやはりこの秋野綾に会ってみなければならないと思った。

「江本さんから電話をして会う段取りをつけていただけませんか。弁護士だと知ったら警戒されてしまうかもしれないので」

「いいですよ。今、ここで電話をしてみます」

そう言い、江本は携帯を取り出した。

ノートにあった番号にかけた。すぐに相手が出たようだ。

「私は辰巳洋介氏の担当編集者だった江本と申します。辰巳洋介の取材ノートであなたを知ったのですが、ぜひお会いしてお話をお伺いしたいのですが」

江本は携帯を耳に当てながら頷いている。

「よろしいですか。明日の昼ですね。帝国ホテルのロビーに十二時ですね」

江本は復唱して京介の顔を見た。

京介は頷く。

「では、こちらはふたりでお伺いします。ええ、よろしくお願いいたします」

江本は電話を切って、

「明日の十二時に、帝国ホテルのロビーだそうです」

と、京介に報告をした。

「わかりました。すみませんが、明日よろしくお願いいたします」

江本がいっしょだと心強かった。

「では、明日、帝国ホテルで」

そう言い、江本は引き上げて行った。

見送って戻ったあと、携帯が鳴った。

着信表示を見ると、祥子からだった。

「はい、鶴見です」

「祥子です」

少し声の調子が違う。

「鶴見先生、今どこにいらっしゃるの？」

「事務所です」

「お仕事？」

「ええ」

「まだ、かかります？」

「いえ。もう帰るところです」

「よかった。今、智美といっしょなんです。来ませんか」

「ひょっとして呑んでいらっしゃるのですね」

「ええ、ちょっと。智美もおききしたいことがあるそうなんです」

「わかりました。どこですか」

京介も智美の両親の反応を知りたかった。

「新橋にある居酒屋です」

祥子はチェーン店の居酒屋の名を告げた。

「では、これから向かいます」

京介は心が浮き立っている自分に気づいた。

2

翌日、十二時前に、京介はロビーに入った。

柱の陰から江本が立ち上がった。京介はそこに向かった。

「秋野さんはまだですか」

「ええ。ちょっと前に、十分ほど遅れると電話がありました」

「そうですか」

「座って待ちましょう」

椅子に腰を下ろしたとき、江本の携帯が鳴った。あわてて立ち上がり、江本は携帯を耳に当てて人気のないほうに行った。

京介は昨夜のことを思い出した。

新橋の居酒屋に行くと、ふたりは酎ハイを呑んでいた。智美はそうでもなかったが、祥子はだいぶ酔っていた。

酔いに任せて京介を呼び出したらしい。あれから智美の両親は悩んでいるようだと言い、智美に近々帰って来いという電話があったという。

ふたりは何か決心をしたのか。

そんな智美との話をよそに、祥子は京介に恋人はいるのかときいてきた。蘭子の顔を振り払って、いませんよと答えた。私、立候補しようかしらと、祥子は言う。

目の前に江本が立ったので、我に返った。

「失礼しました」

江本は横に座った。

「取材ノートには秋野綾の前の戸籍名が書かれていませんでしたね。聞き出せなかったのでしょうか。それとも、ただ書かなかっただけなのか」

京介は気になっていたことを口にした。

そのとき再び、江本の携帯が鳴った。

「彼女からです」

そう言い、江本は携帯を耳につけて立ち上がった。

「今、どこですか。ロビー？」

江本はロビーを見回した。

「あのひとでは？」

京介は携帯を耳にあてている四十半ばぐらいの女性を見つけた。派手なピンクのワンピース姿だ。体型は佐知子に似ているような気がする。だが、この女を見て、佐知子だと思うだろうか。体型は似ていても雰囲気はまったく違う。もっとも犯行のときは地味な服装だっただろうが……。

「あっ。ここです」

江本は携帯に応えながら手を振った。

京介も立ち上がって派手な女性を待った。

「秋野綾さんですね」

江本が声をかける。

「江本です」

名刺を差し出し、

「こちらは鶴見さんです」

「鶴見です」

京介は名前だけ言った。

「喫茶室に入りましょうか」

三人で喫茶室に入った。

飲み物を注文し、ウェーターが去ったあと、

「まさか、辰巳さんがあんなことになるなんて」

と、秋野綾がグラスの水を一口飲んで言った。

「あなたは辰巳洋介氏の取材を受けていたそうですね」

江本がきいた。

「聞いていたの？」

「ええ、担当の編集者ですから」

「そう」

「二十四年前、あなたが自分の戸籍を売ったというのはほんとうなんですか。辰巳氏は興奮して私に話してくれましたけど」

「そう」

「どうなんですか」

京介は思わず口を出していた。

「あのひとが勝手にそうしただけよ」

「勝手に？」

京介はきき返す。

「では、二十四年前に自分の戸籍を売ったという話は嘘だったと？」

「そうよ。あのひとが勝手にそうしたのよ」

「どういうことですか」

江本も驚いてきく。

「私に二十四年前に自分の戸籍を売り、今になって新しい戸籍を欲しがっているという女のふりをしてくれないかって」

「辰巳洋介さんから頼まれた？」

京介は耳を疑った。

「そうよ」

「なぜ、そんなことを？」

「戸籍売買の当事者の本を書きたいんですって。その中に二十四年前に戸籍を売ったという女性を登場させたいって言ってたわ」

「やらせということですか」

「やらせといえばやらせね。でも、ほんとうに二十四年前に戸籍を売った女がいるのは間違いないからと言っていたわ」

「…………」

京介は呆《あき》れて声が出なかった。

ウェーターが飲み物を運んできた、その間、会話は中断した。

辰巳洋介は何かで悠木良二のことを知ったのだ。二十四年前に妻が失踪していることを知った。戸籍売買の取材をしていた辰巳は、悠木の妻も戸籍を新しく求め、別人として暮らしているのだと想像した。

その想定に添うように、二十四年前に戸籍を売った女を登場させ、話を面白くしようとしたのだ。

「あなたと辰巳さんはどういう縁で知り合ったのですか」

ウェーターが去ってから、京介はきいた。

「銀座のバーで。バーテンさんと新しい生き方がしたいから他人の戸籍を手に入れたいわと話していたら、横で呑んでいた辰巳さんが声をかけてきたの」

「それはいつのことですか」

「七月末です」

「七月末ですか」

京介は時系列を考えた。辰巳洋介が智美に声をかけたあとのようだ。

「あなたは新しい戸籍を欲しがっていたわけではないんですね」

京介は確かめる。

「ええ、頼まれたからそう演じていただけ。もし、編集者に会わなければならなくなったら、うまく頼むって」

「編集者というと、私のことじゃないですか」

江本が不快そうに言った。

「なぜ、そんなことを？」

京介は江本にきいた。

「じつは、戸籍売買の件はまだ企画が通っていないのです。ですから、私にアピールしたかったのでしょうか」

江本は憤然と言い、

「あなたは取材を受けるに当たって三十分一万だとか、取材費を要求したと聞いていましたが？」

と、秋野綾にきいた。

「それも、そういうことにしておいてくれと言われたわ」

「あなたと辰巳洋介さんは、そんなことをしていて何かトラブルにならなかったのですか」

京介がきく、

「トラブルになるほど頻繁に会っていたわけではないから」

「辰巳洋介さんが殺されたと聞いたとき、あなたはどう思いましたか」

「女にだらしがなかったから、女に殺されたのだと思ったわ」

違うと、京介は思った。辰巳洋介を殺したのはこの女ではない。京介は愕然とした。本命と思っていた相手が違ったのだ。

その後、いくつか質問をしたが、彼女の犯行を否定するものばかりだった。一番重要な点、すなわち事件のあった夜のアリバイだ。その時間、彼女は銀座のバーにいたそうだ。次の日の朝、辰巳洋介が殺されたとバーテンから電話があったのだという。

彼女は港区のタワーマンションに住んでいる。独身で、親の財産があって優雅な生活を楽しんでいた。辰巳洋介の話に乗ったのは、退屈なのでなんでもいいから刺激が欲しくて引き受けたということだ。

対価、つまり取材費などもらっていないし、もらう必要はないということだった。

もう少し話していくという江本と秋野綾と別れ、京介は事務所に戻った。

悠木良二が現場付近で見かけた女は誰だったのか。秋野綾が無関係となって、誰もいなくなった。

二十四年前に戸籍を売ったという女の話は辰巳洋介の作り話だということがわかった。秋野綾が二十四年前に戸籍を売った当人なら佐知子という名であり、そこから辰巳洋介は清須の佐知子に辿り着ける。

そう思っていたが、それが覆された。

辰巳洋介が二十四年前の失踪事件を知った経緯は、戸籍売買の実態の取材を進めていくうちに過去の失踪事件を調べたということで説明がつく。

だが、どうして智美のことを知ったのか。智美の母親に黒子がないかときいているのだ。悠木よりも前にだ。

辰巳洋介の動きが……。そう思ったとき、京介はある女の存在を考えていなかったことに気づいた。

悠木美紗の母親だ。母親は健在なのだろうか。

すぐ電話機を摑んで、小岩中央警察署の茂木警部補にかけて、悠木との接見を依頼した。

午後四時半から十五分だけ接見が許された。

「取り調べはいかがですか」

京介はまずきいた。

「動機について、いろいろきかれています。でも、私は最初からの主張を通していまず」

あくまでも、二十四年間の苦悩を誇張して描こうとしていたことが許せなかったという動機を貫く覚悟のようだ。

「ちょっとお伺いしたいのですが、奥さんの美紗さんには仲違いしている母親がいたようですね」

「ええ。結婚前から仲は断絶していたようです。ふたりは反発しあっていましたし、私も嫌われていたので会っていません」

悠木が顔をしかめて言う。

「どこでどうしているのか、まったく知らないのですね」

「ええ、まったくの他人同然でしたから気にしたこともありません」

「二十四年前に奥さんが行方不明になったときも、一度も顔を出していないのですか」

「そうです」

「あの当時、母親がどこに住んでいたか覚えていませんか」

「北千住《きたせんじゅ》で呑み屋をやっていました。美紗は男にだらしがない母親のことを蔑んでいました」

「お店の名前はわかりませんか」

「覚えていません」

悠木は首を横に振った。

「母親の名前は？」

「尾関光江《おぜきみつえ》だったと思います」

「尾関光江ですね」

戸籍を調べればわかる。

「まさか」

いきなり、悠木が声を上げた。

「なんですか」

「いえ、なんでもありません」

悠木はあわてて首を横に振る。

「ひょっとして、あなたは事件の夜、見かけた女が尾関光江だったのではないかと？」

「違います。というより、私は結婚する前に二度ほど会っただけですから、顔も覚えていません」

「そうですか」

京介は改めてきく。

「ほんとうのことを言う気にはなりませんか」

「先生。どうせあと半年なんです。じたばたしても仕方ありません」

「あと半年もあるじゃありませんか。その半年間を充実したものに」

「無理です。幸いに、こんな末期になっても痛みがありません。ですが、この先、痛みに苦しむようになるかもしれません。充実した暮らしなど望めません」

「…………」

京介はため息をつくしかなかった。

看守係が顔を出した。

「悠木さん、私は最後まで諦めません」

部屋を出ていく悠木に、京介は声をかけた。

翌日、京介は足立《あだち》区の区役所を訪れ、弁護士業務の理由で尾関光江の戸籍を取り寄せた。足立区から転出している可能性もあったが、足立区に在籍していた。

住所は足立区綾瀬……。

綾瀬は智美が住んでいる。同じ土地に智美と祖母の尾関光江が住んでいたのだ。智美が部屋を借りたのは一年ほど前だ。

区役所を出て、京介は携帯を取り出し、祥子に電話をした。

「鶴見さん」

祥子は沈んだ声を出した。

「どうしましたか」

「この前、私ずいぶん酔っぱらって……」

「ええ、楽しかったですよ」

「ほんとう？　嫌われちゃったんじゃないかと思って」

「そんなことありません。それより、ちょっとお話しして大丈夫ですか」

「ええ。上司は席を外していますから」

祥子は小声で言う。

「智美さんのことですが、智美さんは綾瀬に住んでいるのでしたね」

「そうです」

「どうして、綾瀬に住むことになったのでしょうか」

「不動産屋さんの勧めだと言ってました」

「あなたは、智美さんの部屋に遊びに行ったことはありますか」

「ええ。あります」

「綾瀬に、智美さんと親しいお年寄りはいらっしゃいますか」

「親しいお年寄りですか。さあ」

祥子は不思議そうに、

「なぜ、そんなことを?」

「ええ。ちょっと」

北千住で呑み屋をしていたので、綾瀬でも経営している可能性もある。

「呑み屋の女将《おかみ》さんとか?」

「呑み屋?」

「ええ、智美さんがよく行く店はありませんか」

「あります。私も智美のところに泊まりに行ったとき、いっしょに何度か行きました。そこの女将さんはよくしてくれます。そういえば、智美を気に入っている感じでした。口は悪いけど、やさしいひとです」

「いくつぐらいですか」

「若く見えますけど、七十近いそうです」

「七十ですか。女将さんの名前はわかりますか」

「いえ。でも、お店の名が『尾関』だったから、もしかしたら本名かも……」

間違いない。尾関光江だ。偶然にも娘美紗の子、自分にとっては孫が店に顔を出しているのだ。

「祥子さん、今夜。時間ありますか」

「はい」

「そのお店に連れて行っていただけませんか」

「喜んで」

弾んだ声で言ったあと、祥子は声を落とし、

「何かあるのですか」

と、きいた。

「確かめたいことがあるんです」

内容は言わずに、綾瀬駅の改札口を出たところで午後六時に待ち合わせた。電話を切ったあと、京介は大きく深呼吸をした。

何か手応えを感じたときに身が引き締まるが、今も同じ感覚を味わっていた。

午後六時前に地下鉄千代田線の綾瀬駅の改札を出た。

吐き出された同じ集団の中に、祥子もいた。

「すみません。お誘いして」

「とんでもない。どうせ、暇ですから」

京介は詫びる。

「お店はもう開いていますよね」

「ええ。開いてます。智美に話していないのですが、いいんですか」

「あとからお話しします」

ガード沿いの賑やかな場所から少し離れた公園の近くに、その店があった。『尾関』と黒く書かれた赤い提灯が下がっている。

暖簾を潜《くぐ》った。時間が早いのでまだ他に客はいなかった。七人ぐらいが座れる鉤形のカウンターの中に割烹着姿の女将がいた。

「いらっしゃい」

女将が笑顔で迎えた。確かに六十前に見える。美紗の母親だとしたら七十近いはずだ。一瞬、佐知子に似ていると思った。

「あら、あんた」

女将が祥子を見て、

「きょうはいつもの子とではなく、いい男を連れて」

「あとで、智美も呼びます」

「そうかい。で、何にするの？」

「ビールにしましょうか」

祥子が言い、京介も頷く。

瓶ビールを女将がふたりのグラスに注いだ。グラスを合わせて乾杯し、ビールを喉に流し込む。

目の前に肉じゃがやキンピラ、煮魚、ポテトサラダなどが並んでいる。

祥子が幾つか注文した。

「女将さん」

京介はさりげなく声をかけた。

「このお店は長いんですか」

「ここは十年ね」

「十年ですか。その前はどちらで？」

「北千住よ」

「そうですか」

京介は祥子の空いたグラスにビールを注ぐ。

「智美さん、元気にしている？」

女将がきいた。

「ちょっといろいろあって」

祥子が眉根を寄せて言う。

「そう」

女将の表情が一瞬曇った。

「じつは辰巳洋介というフリージャーナリストが殺されるという事件があったのです」

と、京介は切り出した。

「その辰巳洋介氏から智美さんは母親のことを訊ねられたことがあるんです。偶然にももうひとり、悠木良二という男が同じことを智美さんにきいたんです。母親にも智美さんと同じ場所に黒子がないかと」

「………」

女将の顔色が変わった。

「辰巳洋介氏を殺した疑いで逮捕されたのが悠木良二なのです」

「お客さん」

女将の表情が険しくなっている。

「おまえさん、何者なんだい？」

「すみません。じつはこういう者です」

京介は名刺を差し出した。

「弁護士……」

名刺から顔を上げ、女将は京介を睨《にら》んだ。

「悠木良二の弁護人です」

「そう」

女将は呟くように言う。

「じつは、辰巳氏がどうして智美さんのことを知ったのかがわからないのです」

「………」

「女将さん、辰巳洋介氏に会ったことはありませんか」

「ないわ」

「そうですか」

「なぜ、私が知っていると思ったの？」

「辰巳さんが女将さんを訪ねて来たのではと。それは……」

背後にひとの気配がした。

「いらっしゃい」

女将が声をかける。

中年のサラリーマンふうの男ふたりが入ってきた。話はそのまま中断した。

「智美、そろそろ帰っているかしら」

祥子が携帯を出して外に出た。

すぐ戻ってきて、

「今、綾瀬駅の改札を出たところですって。そのまま来るそうよ」

と、京介に言う。

女将はちらっとこっちに目を向けた。

ほどなく智美が現れた。京介の左隣に座った。

改めてビールで乾杯したあとで、

「どうしてここに？」

と、智美が京介を見た。

「ちょっと女将さんに会いたくて」

「女将さんに？」

智美が女将に目を向けた。

「あとでお話をします。ところで、このお店はいつごろから来ているんですか」

京介は確かめる。

「三、四カ月ぐらい前かしら。会社からマンションに帰る途中、たまたまこの店の前を通りかかったら女将さんが出て来て声をかけてくれたんです。少し寄っていきなさいって」

女将は他の客と話しているが、神経がこっちに向いていることがわかる。

「女将さんがよくしてくれて。それから、祥子と何度か」

「そう」

「鶴見先生。じつは祖父が発作を起こして入院してしまったのです」

「お祖父さんが？　この前、お邪魔したとき、車椅子に乗ったお年寄りがいらっしゃいました。その方がお祖父さまですね」

「そうです。もともと心臓がわるいんですけど、鶴見先生がお帰りになった夜に発作を起こして救急車で運ばれたそうです」

「それはたいへんでしたね」

佐知子のほうに動きがなかったので気になっていたが、そういう事情だったのかと合点した。

「でも今は落ち着いてじきに退院するそうです。落ち着いたら、私に話があると言ってました」

「そうですか」

「やっと打ち明ける気になってくれたようです」

智美に戸籍の件を話すつもりだろうか。

「でも、母は悠木さんに酷《ひど》い仕打ちをしたんですね」

智美はまっすぐ前を見据えて言う。智美の横顔は憂いに沈んでいた。痛々しく、京介は目を逸らした。

その瞬間、京介ははっとした。もう一度、智美の横顔に目をやる。今度は、あっと声を出していた。

「鶴見さん、どうかしたの」

祥子が不思議そうにきいた。

「ごめん。なんでもないんだ」

あわてて、京介は取り繕ったが、まだ動悸《どうき》が鎮まらなかった。

智美の横顔にある男の面影を見つけたのだ。その後、祥子や智美とどのような話をしたか、覚えていなかった。

3

勾留期限が迫っていた。きょうは九月二十八日、あと四日だ。

このままでは検察は起訴するだろう。裁判まで数カ月かかる。なんとしてでも、不起訴処分に持っていきたかった。

朝の取り調べが終わった午前十一時半から接見を許され、京介は逸《はや》る気持ちで悠木が入って来るのを待った。

実際はそんなに時間は経っていないが、京介には長く感じられ、何度もため息をつき、そのたびに深呼吸をしていた。

やっと悠木が看守係に連れられてやって来た。手錠を外され、アクリルボードの前に座る。

看守係が出ていったあと、京介は切り出した。

「きょうは二十四年前のことを思い出してください」

「二十四年前……」

悠木は不思議そうな顔をした。

「あの中山七里でのことです。奥さんを助手席に乗せてレンタカーを運転し、飛驒川の渓谷に沿って国道四一号を北に向かって走っていたのですね」

「ええ」

悠木は苦しい記憶を呼び戻したのか、辛そうに顔を歪めた。

「途中で奥さんは気持ち悪いと言いだしたのですね」

「なぜ、今さらそのようなことを」

悠木は不快そうに反発した。

「お願いです。素直に思い出してください」

京介は強い口調で言う。

「…………」

悠木は黙った。

「奥さんは車酔いなど、今までしたことがなかったのですね」

「そうです。今は、あれが芝居だとわかりました」

「後ろから男が車でついてきたと、今ではそう思っているのですね」

「そうです」

「あのとき、ほんとうに奥さんは気持ち悪くなったのではないでしょうか」

「そんなはずはありません。さっきも言いましたように美紗は車酔いなどしたことないし、また国道も車酔いをするような道路では……」

「悠木さん。落ち着いてきいてください」

京介はそう言ってから、

「奥さんは妊娠していたのだと思います」

「えっ？」

意味がわからないのか、悠木は不審そうな顔をした。

「奥さんは自分でも気づいていなかったのでしょう。奥さん自身も車酔いだと思ったかもしれません」

「………」

「もちろん、あなたの子です。奥さんはあなたの子を身籠《みご》もっていたのです。だから、吐き気がして……」

「嘘だ」

悠木が叫んだ。

「そんなはずは……」

悠木は頭を抱えた。だいぶ混乱していた。

「智美さんはあなたの子です。あなたと美紗さんの間に生まれた子です」

「そんな」

「DNA鑑定をすればはっきりするのでしょうが、その前に私がここまで言うのは、確信があるからです」

「待ってください」

悠木がうめくように言った。

「もしそうだとしたら、なぜ私のところに帰ってこなかったのですか。なぜ、戸籍を変え、私の前から去っていったのですか」

「そのわけはわかりません。ただ、奥さんは最初からあなたから逃げようとしたのではないと思います。車から降りたのはほんとうに気持ちが悪くなったからなのだと思います。そのあとに何かがあったのです。何があったのか。その後、どういう経緯を経て、佐知子の戸籍を手に入れ、『清洲最中本舗』に嫁入りをしたのか。それらは今の佐知子さんから聞かなければわかりません」

「…………」

「明日清須に行ってきます。そこではっきりさせます。悠木さん」

京介は説得する。

「あなたは二十四年前に何があったのか真相を摑んでいないのです。真相を知らないいま、他人の罪をかぶっていいと思っているのですか。ひとを救うのは真実です。あなたも勇気を持って真実を語るのです。そして、自由になって、智美さんとほんとうに父娘《おやこ》であるか確かめるのです」

「………」

「悠木さん、わかりましたか」

「先生、わかりました。ほんとうのことを言います」

悠木の青白い顔に赤みが射してきた。生気が蘇ってきたのだと思った。

ただ、悠木が供述を翻しても、警察は信用するとは思えない。やはり、真犯人が見つからない限り、悠木の疑いが晴れることはない。

勾留期限まであと四日。きょうにも起訴されるかもしれない。そのことを思うと焦りを感じざるを得なかった。

だが、必ず、一日も早く、悠木を自由の身にさせるのだという闘志を燃やした。

小岩中央警察署から虎ノ門の事務所に帰ると、事務員が客が待っていると告げた。その瞬間、客に想像がつき、衝立で仕切られた打ち合わせ室に急いだ。

待っていたのはやはり、綾瀬の『尾関』の女将だった。女将は立ち上がって会釈をした。地味な姿だった。

「来てくださったのですね」

京介は頭を下げた。

「はい」

強張った表情で、尾関光江は答えた。

光江を執務室に招じ、テーブルをはさんで向かい合った。

「何もかもお話をするつもりで参りました」

予想外に、光江は淡々とした口調だ。もっと重々しい話し合いになると思ったが、いい意味で外れた。

「先日、智美さんが話したように、私が彼女を最初に見かけたのは五月末よ。暖簾を出そうと外に出たとき、たまたま通りかかった彼女と目が合ったのです。驚いたわ。娘の美紗かと思ったの。顎の黒子も同じだし」

光江は大きく息を吐いた。

「美紗が行方不明になって二十四年です。私はとうに死んだと思っていたわ。母娘の縁を切ったつもりでいたのに、智美さんを見て美紗を思い出したんです。思わず声をかけていたの。店に招き、世間話をしながらさりげなく、親のことを訊ねました。実家は愛知県の清須で、母親の名は佐知子だと教えてくれたわ。美紗ではありません。他人の空似なのか。でも、母親にも顎に黒子があると言います。美紗の娘かどうか判断はつかなかったけど、智美さんを見ていると美紗といっしょにいるような気がして……」

京介は黙って聞いている。

「年のせいなのか、智美さんと話していると美紗が思い出されて。特に、美紗が生まれたときのことが蘇ってきて。生まれたときはお乳をやったり、結構可愛《かわい》がったんですよ。でも、亭主が家を出ていってしまい、私が働かなくてはならなくなって」

光江は自嘲ぎみに口元を歪め、

「呑み屋で働いていて、いつも男に送ってもらって酔っぱらって帰宅する私を冷たい目で見るようになって。だんだん、あの娘の目がうっとうしくなって。だから、姉に預けたの。今になって、自分がなんて身勝手な母親だったか気づかされたわ。でも、毎晩寝るときには、美紗、ごめんねと謝っていたのよ」

光江は大きくため息をついて、

「鶴見先生が仰るように辰巳洋介さんが訪ねてきたのは七月末でした。二十四年前の娘さんの行方不明の件で話を聞かせてくれということだったわ」

「どうして、辰巳洋介氏はあなたの居場所がわかったのですか」

京介は口をはさんだ。

「元岐阜地検にいた弁護士さんに取材し、当時の私が住んでいた場所を教えてもらったそうです」

末永義一だと、白髪の目立つ顔を思い出した。北千住にあった店の周辺に取材をし、綾瀬にいることを知ったのだろう。

「辰巳は戸籍売買の実態について取材している。二十四年前に失踪した娘さんは他人の戸籍を手に入れて別人として生きているのではないかと言うのです。それを聞いて、智美さんが美紗の子どもかもしれないと思い、辰巳さんに智美さんの母親のことを調べてもらうように頼んだのです」

「なるほど。それで、辰巳さんは智美さんに近づいたのですね。声をかけるきっかけに、母親の黒子のことを持ち出したのでしょう」

京介は想像して言う。

「で、辰巳氏は智美さんのお母さんに会いに行ったのですね」

「はい。私が清須にいると話しましたので」

光江は強張った顔で、

「母親に会ったけど否定した。でも、かなり動揺していた。佐知子という母親は美紗に間違いないと、辰巳は自信たっぷりだったわ」

「そうですか」

「でも、そのうち、あの男の本性がわかったの」

「本性？」

「ええ、あの男は戸籍売買の実態を書くよりは、美紗を脅迫したほうが金になると計算したんです」

「脅迫ですって」

「そうよ。二十四年前に自分の戸籍を売ったという女を作り上げ、脅迫しようとしたのです。『清洲最中本舗』は儲かっているようだから一千万、少なくとも五百万は手に入れられると笑っていたわ」

「………」

秋野綾を戸籍を売った女に仕立てようとしたのは、佐知子から金を脅し取るためだったのかと呆れ返った。

「あなたは、それが許せなかったのですね」

暗に、あなたが辰巳洋介を殺したのではと言った。

「不思議なものですね。智美さんに会ってから妙に美紗のことが気になって。その美紗かもしれないひとを苦しめようとしている男が憎くなって。親らしいことを何一つして来なかったけど、最後に不幸に追いやろうとしている男から娘を守ってやろうと思って」

「辰巳洋介を殺したのはあなたですね」

京介は確かめた。

「あの夜、私は店を早仕舞いして刃物を持って小岩にある辰巳のマンションに行ったの。辰巳は帰っていなかったわ。しばらく待っていると、やっと帰って来ました。少し酔っているようだった。辰巳は私を見て不思議そうな顔をしていたけど、話があるとマンションの裏に誘って、いきなり刃物で刺したんです。二度目にはお腹に刃物が深々と突き刺さって、焦ったわ。辰巳が私の手を摑んだので刃物が抜けなくて。だから、刃物を捨てて、逃げたんです」

「悠木さんはあなたが逃げていく姿を見ていたんです。そのあとで不審に思いながらマンションの裏手に行き、辰巳洋介の死体を発見した。悠木さんは逃げていった女を美紗さんだと思ったんです。やはり、母娘ですね。どこか雰囲気も似ていたのでしょう。だから、悠木さんはとっさに美紗さんを助けようとして、凶器の刃物を死体から抜いて持ち去ったのです」

「…………」

「その後、警察の捜査で悠木さんに疑いがかかりました。悠木さんは身代わりになろうとしたのです」

「美紗の身代わりに……」

「智美さんの父親は誰だと思いますか」

光江は怪訝な顔をした。

「智美さんは悠木さんの子の可能性があります」

「なんですって」

「美紗さんは失踪時、悠木さんの子を身籠もっていたのではないでしょうか。二十四年前、車酔いで気持ち悪くなったのではなく、美紗さんは妊娠していたのだと思います」

「……………」

「智美さんの父親の悠木さんが今、辰巳洋介殺しの罪で勾留されているのです」

「そんな」

光江は口をあえがせた。

「悠木さんは末期癌で余命半年から一年と宣告されているのです。このまま、悠木さんを刑務所で死なせるようなことがあってはなりません」

「私です。私が辰巳洋介を殺したんです」

光江は叫ぶように訴えた。

「あなたがほんとうに犯人だということを証明出来ますか。あなたが悠木さんを助けるために身代わりになろうとしていると思われかねません」

「殺したときに着ていた洋服があります。血がついていたので処分に困って店の裏に隠してあります」

「そうですか」

京介はほっとした。辰巳洋介の衣類からも、犯行時に付着した光江の汗や毛髪などが採取されているはずだ。ＤＮＡ鑑定をすれば光江のものとわかるが、それだけでは犯行時のものかどうかわからない。

辰巳洋介の血痕が付着した衣服があれば大きな証拠になる。

「それと犯行に使った刃物ですが、うちの店で以前から使っていたもので、柄《え》に薄くなって見えにくくなっていますが、『おぜき』と墨で書いてあるはずです」

それだけあれば十分だった。

「自首していただけますね」

京介は確認した。

「はい」

京介の目をしっかと受け止め、光江は大きく頷いた。

「智美さんにとっては、父親が人殺しでなかったとしても、祖母が代わって裁きを受けることになります。でも、智美さんなら大丈夫です」

「あの娘にいっぺんに試練が押し寄せて……」

母親が他人の戸籍を手に入れていたこと。今の父親とは血のつながりはなく、実の父親が別にいたこと。そして、祖母が殺人者……。

「そもそも、すべての出発は二十四年前です。中山七里の国道で何があったのか。真実を知ることが智美さんにも必要なのです」

「これから警察署に行きます」

光江が立ち上がった。

「お店のほうは？」

「しばらく休むという貼紙をしておきました」

最初から自首するつもりで出て来たのだとわかった。

「おひとりでだいじょうぶですか。ごいっしょしましょうか」

「だいじょうぶです」

「私に、あなたの弁護をさせてください」

「ありがとう。よろしくお願いします」

最後は『尾関』の女将らしい口調で事務所を引き上げた。

京介は清須の佐知子に電話し、大事な話があるので明日お伺いしたいと申し入れた。覚悟をしたように、佐知子はお待ちしていますと答えた。

午後六時過ぎ、小岩中央警察署の茂木警部補から電話があった。

「きょうの午後、尾関光江という婦人が辰巳洋介殺しで自首してきました。供述のとおり、綾瀬の自宅兼店舗の裏から血の付着した婦人物の衣服を発見しました。防犯カメラの解析もしていますが、尾関光江の告白の信憑性はかなり高いと認めざるを得ません」

「そうですか。で、悠木良二はどうなりましょうか」

「今、地検と協議に入っています。鶴見先生」

茂木が口調を変えた。

「きょうの午後の取り調べで、悠木良二が突然供述を変えました。犯行の否認に転じたのです。そのあとに、尾関光江の出頭です。どうやら、あなたにやられたようですね」

「それは……」

「いいんですよ。じつは、鶴見先生からの忠告に耳を傾け、悠木の犯行に疑問を抱きはじめた捜査員が何人か出てきていたんです。もともと、凶器の入手経路がはっきりしないことが疑問だったのです。以前から持っていたと言いますが、悠木の部屋には包丁が二本ありました。二本とも柄が朽ちかけていました。かなり古いし、あまり使ってないようでした。いつも凶器に使った包丁を使っていたのかもしれませんが、悠木はほとんど調理をしないということでした。つまり、ほんとうに自分の部屋から持ってきた包丁かどうかはっきりしなかったのです。あっ、よけいなことを言いました」

茂木はあわてて言い、

「とりあえず、ご報告まで」

と、電話を切った。

やはり、光江は自首してくれたのだ。これで、悠木が自由になれる。京介は尾関光江に感謝したい気持ちでいっぱいだった。

4

清洲城の上に細い雲がたなびいていた。

天正十年（一五八二）本能寺の変で織田信長が斃《たお》れたあとの織田家の後継者を決める清洲会議が開かれたことでも有名だ。山崎の合戦で、明智光秀を倒した羽柴秀吉が織田信忠の遺児、三法師丸を押し立てて会議で勝利した。

城を正面に見て橋を渡りながら、京介は往古に思いを馳せた。これから佐知子夫妻と会うのだ。

そこで何が語られるのか。あるいは語られないのか。京介は二十四年前の美紗の失踪のわけを知るために、『清洲最中本舗』にやって来た。

店の脇にある玄関のインターホンを押した。

すぐに若い女の声で応答があった。おやっと思った。

ドアを開けて顔を出したのは智美だった。

「来ていらっしゃったのですか」

「はい。鶴見先生がいらっしゃるので帰って来るようにと、電話があったんです。それで、昨夜の最終で。どうぞ」

「失礼します」

京介は玄関を上がった。

客間に入る。前回と同じようにテーブルの向こう側に座った。

すぐに佐知子と浩太郎が入ってきた。

智美が茶を出して去ろうとするのを、佐知子が呼び止めた。

「あなたもここに」

「はい」

智美はテーブルの端に腰を下ろした。

「お時間を作っていただき、ありがとうございます」

京介は礼を言う。

「いいえ、何度も来ていただき恐縮です」

浩太郎が答える。緊張しているのだろう、微かに声が震えている。

「まず、私のほうからご報告させていただきます。まだ、ニュースにはなっていないと思いますが」

京介はそこで声を止め、ちらっと智美に目をやって、

「智美さんの前でお話ししてよろしいのでしょうか」

佐知子と浩太郎に同意を求めた。

「私にも聞かせてください」

智美が先に答えた。

「構いません」

佐知子が硬い表情で応じる。

「智美さん。あなたにとってかなり衝撃的なことですが、よろしいですね」

京介は念を押す。

「はい」

「フリージャーナリストの辰巳洋介氏を殺した真犯人が自首しました」

「えっ。真犯人？」

佐知子が目を見開いた。

「悠木良二さんは現場から逃げていった女があなたではないかと思い込んだのです。それなりの理由があります。あなたには秘密を守るという動機がある。それだけでなく、逃げていった女があなたに似ていたからです」

京介は佐知子の顔を見つめ、

「逃げていった女は誰だと思いますか」

と、きいた。

「………」

佐知子が首を傾げた。

「辰巳洋介は戸籍を買って他人になったあなたの秘密をネタに、あなた方を揺すろうとしたのです。そのことからあなたを守るために、その女は辰巳洋介を殺したのです」

「まさか、母が……」

佐知子が目を剝いた。

「そうです。辰巳洋介を殺したのは尾関光江さんです」

「尾関……」

智美が口をはさんだ。

「ひょっとして、『尾関』の女将さん？」

「智美。あなた、どうして知っているの？」

「尾関光江さんが呑み屋をやっている綾瀬に智美さんが部屋を借りたことから、すべてがはじまっているんです」

京介は啞然としている佐知子に説明する。

「五月末、光江さんは暖簾を出そうと外に出たとき、たまたま通りかかった智美さんと目が合って驚いたそうです。娘の美紗かと思ったと」

「鶴見先生、どういうことなのですか」

智美が怯えたような目で話に割って入った。

「智美さん。落ち着いて聞いてください。あの女将さんは佐知子さんの母親なのです。あなたの祖母になります」

「嘘」

智美が叫ぶように言う。

「智美。ほんとうよ。尾関光江は長い間、仲違いしたままだった私の実の母親よ」

「お母さん」

「智美、ごめんなさい。ずっと黙っていて」

「智美さんの前ですが、これはあなたにどうしても確かめなければなりません」

京介は佐知子に言う。

「はい」

覚悟を固めたように、佐知子は頷いた。

「二十四年前、あなたと悠木良二さんは中山七里経由で郡上八幡に向かって国道四一号を走っていた。その途中で、気分が悪くなったあなたは車から降りた。悠木さんの前から姿を消すことを企んでの行動ではなかった。ほんとうに気分が悪かったのです。でも、車酔いではなかった。そのときは気づいていなかったでしょうが、あなたは妊娠していたのではありませんか」

うめき声を抑えるように、佐知子は手で口を押さえた。

「いかがですか」

「はい」

佐知子は認めた。

「智美さんのほんとうの父親は誰ですか」

京介はさらに問いかける。

「私のほんとうの父親？　どういうこと？　お父さん、どういうことなの？」

智美が驚いたように浩太郎を問い詰めた。

「智美」

浩太郎が智美に顔を向けた。

「おまえは父さんの子だ。だが、じつはおまえと私は血のつながりはないんだ」

「…………」

智美は息を呑んだが、

「やっぱり、あのひとなのですね」

と、京介の顔を見つめた。

「悠木良二さんです」

京介は答えて、

「今、やっぱりと仰いましたね。どうしてですか」

「郡上八幡で声をかけられたときは、以前にもきかれた母の黒子のことを言われ、気味が悪かったのですが、そのあともなんとなくあのひとのことが気になってならなかったんです。はじめて会ったひとなのに、なんだかとても懐かしいような気持ちになっていたんです」

智美は涙声で言ったあと、

「お母さん、お父さん。いったい何があって、いま私がここにいるの？」

と、ふたりに問い詰めるようにきいた。

「母さんの責任ではないんだ。みんな父さんが悪いんだ。父さんに責任があるんだ」

浩太郎が声を震わせた。

「何があったの？」

智美が問い、さらに京介も、

「中山七里で車から降りたあなたに何があったのか。二十四年間、あなたを探し続けてきた悠木さんのためにもお話ししてください」

と、迫った。

「鶴見先生」

浩太郎が顔を向けた。

「佐知子には何の罪もないんです。すべて私が……」

「いえ、私も同じです」

そのとき、部屋の外で声がした。

智美が立ち上がって襖を開けた。車椅子の老人がいた。浩太郎の父親の浩三だ。

「中へ入れてくれ」

浩三が掠れた声を出した。

「父さん」

浩太郎も立ち上がって車椅子に駆け寄った。

「私から話す。中に」

浩三は言う。

「ちょっと待って」

浩太郎は籐《とう》椅《い》子《す》を運んできて、テーブルをはさんで京介の向かい側に置いた。そして、車椅子から浩三を抱え上げるようにして籐椅子に移した。

「浩太郎の父の浩三です」

「鶴見京介です」

挨拶をし終えたあと、浩三は京介を見つめて、

「すべては私が仕出かしたことなのです」

と、苦しげな表情で切り出した。眉も白く、額には風雪を物語る深い皺が刻まれていた。

「私は子どもの頃から京都の老舗の和菓子屋に奉公し、二十五歳のとき、脳溢血《のういっけつ》で倒れた父親のあとを継ぐために清須に戻ってきました」

浩三は若い頃のことから話しはじめた。肝心なことを早く知りたかったが、京介は素直に話を聞いた。

「この店を継いだときに見合いで結婚をし、一年後に浩太郎が生まれたのです。浩太郎も菓子職人として京都に修業に出て、そのときに知り合った珠実《たまみ》という女性と結婚し、清須に戻って、私といっしょにこの店をやっていたのです」

浩太郎には佐知子の前に結婚していた女性がいたのだ。

「浩太郎と珠実はじつに仲がよく、特に浩太郎は珠実に惚れきっていました。珠実の姿が見えないと、すぐ探し回り、外出して帰りが遅いと、夕飯も食べずに待っていたり。珠実も浩太郎の愛情によく応えてくれて……」

浩三は息を継いだ。

「親の目から見ても、うらやましいぐらいな仲のよさでした。世の中にこれほど相性の

いい男女がいるのかと不思議に思うほどでした。しかし、あまりにも大きな仕合わせは不幸の前触れだったかのように、結婚して二年目に珠実は癌に罹ってしまったのです」

　京介も思わず息を呑んだ。

「浩太郎は珠実のためにいろいろな病院をまわり、癌に効くといえばどんな民間療法もためし、病気治癒のために神社仏閣にも祈願をし、人生のすべてを珠実の癌との闘いに費やしたのです」

　浩三は目を閉じた。隣で、浩太郎が肩を落として俯いている。

「最期の数カ月間は、浩太郎は珠実の病室で寝泊まりして看病したのです。それでも、珠実は発病から一年後に息を引き取りました。最期まで明るく振舞い、浩太郎に感謝をしながら……」

　浩三は嗚咽をもらした。

「珠実の通夜、葬儀に、浩太郎はなんとか喪主の務めを果たしましたが、あとは泣き通しでした。やがて悲しみも癒える、時が解決してくれると思っていたのですが、半年経っても、気がついたら仏壇の位牌の前で泣いていました。一年経っても、浩太郎の悲しみは癒えなかったのです。そんな浩太郎の姿に私や家内も胸が塞《ふさ》がれました。浩太郎は仕事も出来ません。菓子を作ることも出来ず、店もじり貧でした。浩太郎はまさに生きる屍《しかばね》でした。珠実が元気だった頃の仕合わせが嘘のようでした。このままでは一家共倒れだと、私も地獄に突き落とされた思いでした。そんなときに、佐知子と出会ったのです」

浩三は大きく息を吸い込んで辛そうに吐き出した。

5

きょうは午前中の取り調べがなかった。やっと呼ばれたのは昼近くになってからだった。きのう、はじめて自供を覆したことが影響しているのか。

取調室で、茂木警部補と向かい合った。

「きのう、今までの自供をすべて覆し、無実を主張したが、一晩経ってもその気持ちは変わらないですか」

茂木が切り出した。

「変わりません」

「きのうは、犯行を認めたのは、あるひとが殺害に関わっているのではないかと思い込んで、そのひとを助けようとしたということだった。だが、誰だったかは言おうとしなかった。いまも、誰の身代わりになろうとしたのか、言わないつもりかね」

「申し訳ありません」

悠木は頭を下げた。

「そうか」

茂木の表情には、きのうまでの烈しさはなかった。

「じつはきのう、辰巳洋介を殺したと言って尾関光江という女が自首してきた」

「尾関光江ですって」

悠木は激しい衝撃を受け、

「尾関光江が辰巳洋介を殺したと言うのですか」

と、茂木警部補に摑みかからんばかりにきいた。

「尾関光江を知っているのか」

茂木は落ち着いた声できいた。

「行方不明になった妻の母親です」

心臓の激しい鼓動はまだ続いていた。

「あんたの奥さんは、二十四年前に行方がわからなくなったそうだな」

「はい」

「清須に住む丸川佐知子という女性が奥さんではないかということだが」

「わかりません」

悠木はあえて首を横に振った。

「まあ、いいでしょう」

茂木はため息をつき、

「辰巳洋介殺しの真犯人は尾関光江でほぼ間違いないと思える。そうなると、あなたの容疑はなくなるわけですが、自ら自供し犯人を名乗ったことで警察を騙し、捜査を攪乱《かくらん》させた罪は消えません」

「申し訳ないと思っています」

「まあ、鶴見弁護士に言わせたら、ちゃんとした捜査をしていたら、あなたの犯行ではないことはわかったはずだと反論されそうですがね。あの弁護士は早い段階から身代わり説を説いていた。だから、我々にも弱みはあります」

茂木は苦笑した。

「じつはあと三日であなたの勾留期限が切れるのです。起訴するかどうか、決めなくてはなりません。ですが、検事さんも起訴は出来ないと悟ったようです。おっと、よけいなことを言いました。ところで、容体はいかがですか」

「はい。今のところはだいじょうぶです」

「ゆっくり養生をして……」

茂木はあとの言葉を呑んだ。

残された命を有意義に使うようにと言いたかったのであろう。

「ありがとうございます」

悠木は礼を言った。

「奥さんとは再会出来そうですか」

「わかりません。でも、家内は計画的に私の前から去ったのではないことがわかっただけでも、救われました」

「そうですか」

二十四年前、美紗が妊娠していたのではないかという鶴見弁護士の指摘は衝撃的だった。あのとき、気分が悪くなって吐き気を催したのは芝居ではなく、妊娠のせいだった。

つまり、美紗は計画的に自分の前から去っていったのではないというのだ。そのことがわかって救われた気持ちになったのは確かだが、ではなぜ、美紗はそのまま失踪したのか。そのわけが知りたかった。

その頃、清須ではそのわけを、浩三が語りはじめていた。

「二十四年前の八月十三日、私は下呂温泉からひとりで車を運転して清須に帰るところでした。下呂温泉の旅館にうちの店の和菓子を使ってもらおうと、試食の和菓子を持って訪ねた帰りでした。話し合いはうまくいかず、沈んだ気持ちで車を運転していました。浩太郎はこのままだめになってしまうのではないかという不安で、私の意識も虚《うつ》ろだったのだと思います。だから、突然、目の前に現れた女性に気づくのがおくれ、あわててハンドルを切ったのですが、微かに体に接触してしまいました。恐怖に目を見開いていた女性の顔が瞼《まぶた》に残っています。あわてて車を停めて、倒れている女性のところに駆けつけました。意識はありましたが、頭をさすっているのでたいへんだと思い、女性を車に乗せ、美濃太田にある病院に連れていきました。脳波の検査をしてもらいましたが、別段異常はないということでした。ただ、医師から妊娠しているのではないか、産婦人科で診てもらったほうがいいというので、その女性を連れて清須にある知り合いの産婦人科の老院長に診てもらったのです」

浩三は眉根を寄せ、

「なぜ、清須まで連れてきたのかというと、女性が自分のことを何も喋ろうとしなかったからです。名前をきいても、どこから来たのかときいても反応がないのです。それより、驚いたことにその女性が亡くなった珠実にそっくりだったんです。私は珠実が戻ってきてくれたのだと思いました。だから、夢中で清須まで帰ったんです」

浩三の息が荒くなった。

「だいじょうぶ?」

浩太郎が心配して声をかける。

「気にするな」

そう言い、浩三は続けた。

「産婦人科で診てもらったところ胎児に影響ないと言われたあとで、老院長からひょっとして記憶を失っているのではないかと言われたのです。事故のとき頭を打った影響か、あるいは車が目の前に迫ってきたショックのせいか。ともかく、私は女性を家に連れて帰りました。その女性を見て、浩太郎は珠実と叫んだんです。それから、浩太郎に生気が戻ってきました。私はこの女性の記憶が戻らないで欲しいと思いました」

「その頃」

はじめて京介は口をはさんだ。

「中山七里で行方不明になった女性のことがニュースになったことがありましたね」

「はい。この女性だと思いました。届け出なければならないと思いながら、その女性の世話を熱心にしている浩太郎を見ていて一日延ばしになっていきました。そのうち、妻を殺して山中に埋めたという疑いで、夫が逮捕されると、私はニュースの女性は別人だと思うようになりました。いや、あえてそう思うようにして、その女性を我が家で暮らさせたのです。やがて、お腹が目立ってきました。私は産婦人科の老院長に相談しました。老院長は我が家の事情をよく知っています。戸籍を売りたがっている女性を知っていると言い出したのです。老院長にすべて任せることにしました。それで二百万を払って佐知子というひとの戸籍を手に入れたのです。佐知子さんの両親はすでに亡くなり、係累はいないということでした。女性は佐知子という名で子どもを無事出産しました。女の子で、智美と名づけました。佐知子を愛した浩太郎は、その子の父親になる決意をしました。佐知子のおかげで浩太郎は立ち直り、ふたりの努力のおかげで店も大きくなって、今日まで来ました。悠木さんには取り返しのつかないことをしたと思っています。どんなにお詫びをしても足りません。すべて、私の身勝手から」

「違います」

佐知子が口をはさんだ。

「智美が二歳のとき、よちよち歩きで道路に出たとき、暴走した車が突っ込んできたのです。私は夢中で駆け寄り、智美を抱いて倒れ込みました。車はそのまま走り去りましたが、そのときの衝撃で記憶が蘇ったのです。私が悠木美紗で、東京に住んでいたことも……。でも、中山七里でのことは覚えていません。自分がなぜここにいるのか、何がなんだかさっぱりわかりませんでした。落ち着いてきてすべてを悟って、私は悩み、苦しみました。悠木良二さんのもとに帰るべきか。きっと私を探しているだろう。苦しんでいる私に気づいて、浩太郎さんが言ってくれたのです。俺はいいから、智美を連れて悠木さんのところに帰ってやれと。もう俺はだいじょうぶだからと。さんざん悩み、苦しんだ末に、私は帰ることにしたのです。でも、その夜、仏壇の前で泣いている浩太郎さんを見たら……」

「俺がいけなかったんだ。口では帰れと言いながら、俺が帰らせなかったんだ」

浩太郎が自分を責めるように言った。

「違うわ。私が決めたの。清須で生きることを私が選択したの」

佐知子が言った。

「智美から、郡上八幡で声をかけてきたという五十代の男性の話を聞いたとき、良二さんだと思いました。まさか、二十四年間も待っていてくれたなんて……」

佐知子は涙ぐんだ。

「ひとつ、お伺いしてよろしいですか」

京介は浩三に声をかけた。

「ほんとうの佐知子さんはどうなさったのですか」

「老院長は別の人物になって優雅に暮らしていると言ってました。将来、現れることはないかときいたときに、老院長はそう答えたのです。私たちを安心させるために、そう言ったのか、老院長もとうに亡くなっていますので、今さら確かめようがありませんが――」

「そうですか」

「鶴見先生、罪は私ひとりにあります。佐知子にも浩太郎にも罪はありません。どうか私だけに……」

「時効ですよ。今後のことについても、いまの姿で社会生活が円滑に営まれているのです。そのことを変更するほうが社会的にも混乱を生じさせるはずです。ただ、当時のことを岐阜県警に説明する必要はあるかもしれません。また、佐知子さんは、尾関光江さんの事件についても話をきかれるでしょう。すべて正直に話してください」

「はい」

佐知子は返事をして、

「母に会えるでしょうか」

と、哀願するようにきいた。

「起訴されるまでは無理でしょう。でも、私が話を取次ぎます。私は光江さんの弁護人になるつもりでいますから。でも、やっぱり母娘なんですよ。光江さんはあなたに母親らしいことを何ひとつしてやれなかったと後悔していました。あなたのことを忘れてはいなかった。光江さんは智美さんにあなたを見ていたようです。だから、あなたの仕合わせの邪魔をしようとする辰巳洋介が許せなかったのです。最後に、娘のために何かをしてやりたかったと、光江さんは殺害の動機を語っていました」

「お母さん……」

佐知子は嗚咽をもらした。

「私も母のことはいつも気にかけていました。私がもっと母に寄り添えばよかったのだと……。母は女手ひとつで幼い私を育ててきたんです。母には水商売しかなかったんです。夜遅く、男のひとに送られて酔っぱらって帰ってくる母を私は冷たい目で見ていました。でも、私を育てるためにはそうするしかなかったのだと、子の親になってみてわかりました。母が私を伯母のところに預けたのも、私が邪魔だったからではなく、私の冷たい視線に堪えられなかったからだと、今ならわかります」

「あなたのお気持ちを光江さんにお伝えします」

「お願いいたします」

美紗と光江の心がはじめて繋がったのだと、京介は胸をなで下ろした。

「それより、あなたには大事なことがあります」

京介は口調を改めた。

「わかってます。悠木良二さんに会って何があったのか説明し、そしてお詫びをします」

「お母さん。そのとき、私もいっしょに」

智美が思い詰めた目で言った。

これで自分の役目は終わった。あとは家族の問題だと、京介は思った。

エピローグ

十月の空は高く澄んでいた。

不起訴処分になって自由の身になって十日目。悠木の木場のマンションに美紗と智美が訪ねてきた。二十四年の歳月を感じさせないほど、美紗は昔のままだった。

部屋に入った瞬間、

「私の家……」

室内を見回して、美紗が思わず涙ぐんだ。

「八月に清須から帰ったあと、君の荷物をすべて処分してしまったんだ。ほんとうに忘れるためにね。それまでは、この部屋は昔のままだった。ここには君との思い出がたくさん詰まっている」

悠木は自分でも不思議なほど冷静だった。

「私もよく覚えているわ。短い期間だったけど、あなたとの楽しい暮らしを」

「ありがとう」

悠木は素直に礼を言う。

「良二さん。智美です。あなたの娘です」

「私の娘……」

まじまじと悠木は智美を見つめる。

「若い頃の君にそっくりだ」

夢のように思えた。自分に子どもがいたとは想像すらしたことがなかった。ひとりぼっちで死んでいく運命だと思っていたのだ。

「お父さん」

智美が呼んだ。

「お父さんって呼んでくれるのか」

悠木は思わず智美の顔を見つめた。

「そうよ。だって、お父さんだもの」

「ありがとう。こんな私を……」

悠木は思わず声を詰まらせた。

「二十四年前、郡上八幡に向かったとき、私のお腹にこの子がいたんです」

美紗は当時のことを語った。

すでに鶴見弁護士から聞いていたが、改めて美紗の口から聞くと切なかった。

だが、浩三や浩太郎の身勝手さを非難する気にはなれなかった。それより、血の繋がらない智美に愛情を注いでくれた浩太郎に感謝したい思いでいっぱいだった。

「ごめんなさい。あなたを裏切って」

「いや、これも運命だったのだ。それより、智美というすばらしい娘を産んでくれてありがとう。おかげで、ひとりぼっちじゃないとわかって、こんなにうれしいことはないよ。正直言って、この二十四年間は地獄だったけど、人生の最後にそれを帳消しにするような喜びを味わうことが出来た。ありがとう」

悠木は頭を下げた。

「やめて。そんなこと言われると、私は……」

美紗は首を横に振った。

「ほんとうのことだ。こんな仕合わせを感じることが出来る人間は、ほかにざらにはいないはずだ。智美も私の子として生まれてきてくれてありがとう」

「お父さん……」

智美は嗚咽をもらした。

「ご病気とお聞きしました。これからちょくちょくやって来て……」

「いけない」

悠木は美紗の言葉を制した。

「君は悠木美紗ではない。丸川佐知子さんなんだ。もう、私のことを気にかけず、今の家庭をしっかり守っていくんだ」

「でも」

「私ならもう心配ない。おかげで心安らかに療養出来る」

「お父さん。私、綾瀬の部屋を引き払ってここに越してきます」

いきなり、智美が言った。

「ありがとう。その気持ちだけで十分だ。こんな病人の相手などする必要はない」

悠木は諭すように言う。

「いっしょに住みたいの。二十三年間もお父さんのことを知らなかったんだもの。お父さんのそばにいたいの」

「智美。そうしてくれるの」

美紗が確かめる。

「ええ、そうしたいの。清須の祖父も父も認めてくれたわ。いいでしょう、お父さん」

「しかし、こんな病人といっしょに暮らしたって楽しいことなどない」

口ではそう言ったが、悠木はうれしかった。

「お父さん。私に親孝行をさせて」

「わかった。すぐいやになると思うけど、いやになったら出ていけばいい」

悠木は微笑《ほほえ》んで言った。

「良二さん、智美をよろしくね」

美紗が言う。

「…………」

悠木は黙って頷いて立ち上がった。

「トイレに行ってくる」

悠木は洗面所に入ったとたん、堪えきれずに泣き崩れた。自分にこんな仕合わせが舞い込んできていいのか。

人生の最期を娘といっしょに過ごせる。夢のようだ。あと半年、精一杯生きるんだと、悠木はうれし涙を拭きながら自分に言い聞かせていた。

解説

小梛治宣

警察庁の発表によれば、平成二十九年度の行方不明者の数は、警察に届出がされたケースだけでも、八万四八五〇人にのぼるという。男女比では、男性が六四・三%で圧倒的に多い。年齢別では、二十歳代が一万七〇五二人と最多である。これらの数字は、過去五年ほとんど変化がなく横ばいだというが、毎年約八万五〇〇〇人が、家族の前から姿を消していることになる。届出のない分も含めると、その数はさらに膨らむに違いない。

本書も、突然、まさに神隠しにあったごとく夫の前から姿を消した妻の失踪から幕が上がる。発端は、二十四年前の八月にまで遡る。悠木良二は、妻の美紗を乗せて、飛騨川の渓谷に沿って、北に向かって車を走らせていた。岐阜県の郡上八幡で催される郡上おどりを見てみたいと言う美紗の希望を叶《かな》えてやるためである。二人は結婚して一年、良二が二十八歳、美紗は二十三歳であった。良二は、父との思い出に繋《つな》がる中山七里（下呂市三原の帯雲橋から金山町の境橋までの全長約二十八キロの渓谷）を通って迂回《うかい》するコースをとっていた。その途次、美紗が急に気分が悪いと言い出したので、一旦彼女を車から降ろしたものの、渓谷沿いのため道幅が狭く停車していることができない。Uターンできるところまで車を走らせて戻ってきてみると、そこにいるはずの彼女の姿が消えていた。周囲をいくら捜し回っても、どこにもいなかったのだ。それから二十四年が過ぎた今も、悠木は失踪した美紗が生きていると信じ、再婚せずにいる。生きていれば四十七歳になるはずだ。悠木も五十歳を超えた。

その悠木良二に、弁護士の鶴見京介が出会ったのは、名古屋で開かれた『冤罪《えんざい》被害を考える会』でのことだったが、その後偶々《たまたま》訪れた郡上八幡で再び彼の姿を目にすることになった。その時悠木は、若い二人連れの女性を追いかけていた。その場に京介が割って入ったのだ。悠木は、そのうちの一人の女性に母親の名を訊《き》き出して欲しいと言う。その女性が、失踪した妻によく似ていたからだった。しかも、顎にある黒子《ほくろ》まで一緒だった。だが、母親の名は美紗ではなく、佐知子だった……。しかも黒子はないという。

悠木は、妻がいつか来ると信じて失踪後、毎年欠かさずに八月になると郡上おどりを見物にやってきていた。

「私はこの二十四年間、死んだように生きてきたんです」

という悲愴《ひそう》な訴えが、鶴見京介の胸に響かぬはずはない。だが、なぜ悠木の妻は、姿を消したのだろうか。自らの意思でか？　それとも誰かに連れ去られたのか？　生きているのか？　すでに死んでいるのか？　悠木にとって、失踪の原因が分らない限り、この事件は終わることはないのだろう。

　悠木は、例の女性の母親が、自分の妻でないのかどうか、それだけでも探って欲しいと京介に依頼した。美紗が生きていれば、新しい生活をしているはずで、それを壊すべきではない。そう分っていながら、悠木は、妻を忘れることができないというのだ。

　悠木の思いは、失踪した家族をもつ者に共通のもののはずである。突然理由も分らずに独り残されてしまった者の心の痛みが、読者の心にもストレートに突き刺さってくるに違いない。読者の感ずるそうした痛みは、鶴見京介シリーズに共通したものではあるけれども、本作のそれは、抜きん出て痛みの度合いが強いように感じられるのだ。

　二十四年前、警察は悠木が妻を殺害して、どこかに埋めたのではないかと疑っていた。というのも、あることが原因で、旅行前に口論することが重なっていたからだ。マスコミからも追われる日々が続いたが、ついに美紗殺害及び死体遺棄容疑で逮捕されてしまう。証拠不十分で起訴は免れたものの、決して警察の疑いが完全に晴れたわけではなかった。そのことが、悠木の身近で新たに起こる事件の捜査にも影響を及ぼしてくることになるのだった。

　さて、京介は忙しい仕事の合間をぬって、愛知県清須市にある老舗の和菓子屋を訪ねた。そこは、例の女性の実家であり、彼女の母親が嫁いできた先である。京介が近所で聞き込んだところによると、菓子職人の亭主が、先妻を亡くしたショックで仕事をする気力をまったく失っていたときに、亡妻にそっくりの今の妻、佐知子と出会ったらしい。佐知子のお蔭《かげ》で亭主はすっかり立ち直り、店も順調に発展した。結婚するには戸籍が必要だ。悠木の妻であれば、正式に入籍することは不可能である。佐知子の実家は名古屋の中村区で、これも嘘《うそ》ではないようだ。とすれば、顎に同じように黒子があって、いくら似ていたとしても、佐知子は悠木の妻の美紗ではないということになる。

だが、京介は佐知子と話をしていて、気になる点がいくつかあった。そこで、すぐに悠木を呼び出して確認させたのだが、直接会うことなく盗み見をした彼は、似てはいるが、違うという。しかし、京介には、彼が真実を語っているのかどうか疑問に思えてならない。幸せそうに暮らしている彼女は、失踪した悠木の妻の二十四年後の姿なのか……。

二十四年前の失踪事件をめぐっては、悠木とは別に、もう一人探っている人物が浮かび上ってきた。悠木よりも前に、東京に住んでいる佐知子の娘（智美）に、黒子のことを尋ねた男がいたというのである。佐知子のことを探っている、この三十すぎの男は何者なのか？　そして、男の狙いは何なのか？

京介が、その男の正体を知るのは、彼が殺害された後である。フリージャーナリストの辰巳洋介。日本ノンフィクション作家賞の佳作となった彼の作品のタイトルが、『日本失踪社会』であった。悠木と接点があった可能性は十分考えられる。京介の心配を裏書きするように、悠木が辰巳洋介殺害容疑で逮捕されてしまった。警察は二十四年前の失踪事件との関係を疑っているようだ。悠木は京介に弁護を依頼してきた。

ところが……。京介が接見すると、なんと辰巳を殺したのは、自分自身だと認めていた。妻に逃げられた男の、その後の二十四年を書くという辰巳と言い争いになったことが原因のようだ。だが、その動機が京介には怪しく思われた。もし、悠木が真犯人ではないとすると、誰かを庇《かば》って、その身代わりになる覚悟でいるというのか。仮に、美紗と佐知子が同一人物だとすると、辰巳がそのことを探り出した可能性もある。そうであったとしても、自分を裏切って失踪した美紗を、悠木が庇うことなどあり得るだろうか。二転三転する事態に戸惑いつつも、京介は意外な真実へと辿《たど》り着く。その辿り着いた先には、切れたと思っていた家族の絆《きずな》がまだ繫がったまま再び輝き出してもいたのだった……。

第四章のタイトルが「家族」となっているように、本作のメインテーマは家族の絆だ。ロングセラーとなっている『父からの手紙』をはじめとして、小杉健治の世界は家族や親子の絆をテーマとしたものが数多い。本作では失われた、あるいは失われかけた家族の絆が再生されることで、より強い絆が結ばれていく。妻の失踪によって家庭を失い、たった独りで生きてきた者と、最愛の妻を喪《うしな》ったあと、新たな家庭を得た者――この両者を繫ぐ者の存在こそが、人生を諦めた悠木に再び生きる喜びを与えることにもなるのだが、これは悠木ばかりでなく、読者にとっても想定外の結末だったのではなかろうか。その意味でも本作のタイトル『生還』には深い意味が込められているように、私には思えるのである。

さて、家族の絆を再生させる、そもそもの切掛けとなった場は、岐阜県郡上八幡、そこで毎年夏に行なわれる郡上おどりであった。起源は定かではないらしいが、一説では寛永年間（一六二四〜四四）、時の八幡城主・遠藤慶隆が、藩内の民心の融和を図るため、無礼講の盆踊りを奨励したのが始まりといわれている。盛んに踊られるようになったのは、近世後期のようだが、明治にはいると禁止令が出され途絶えた。大正期に復活し、有志の人たちによって現在の郡上おどりの形が作り上げられていった。

七月から八月にかけて、毎晩のようにどこかの町内で踊りがあるが、とくに盆の四日間（八月十三日〜十六日）は、町をあげて夜明けまで徹夜おどりが繰り広げられる。二ヵ月近くの長きにわたって踊り続けられる盆踊りというものは、他に例をみないそうだが、それだけに徹夜おどりの四日間に全国から集まる人は、本作にも描かれている通り、大変な数にのぼることになる。踊りの際に唄《うた》われる歌は、〈かわさき〉〈春駒〉〈げんげんばらばら〉〈やっちく〉など十曲あるが、郡上踊り保存会の〈古調かわさき〉は、国の重要無形民俗文化財に指定されてもいる。

悠木が失踪した妻美紗とそっくりの女性・智美を見つけるのは、その徹夜おどりの最中だったのである。〈郡上の八幡　出てゆくときは　雨もふらぬに　袖しぼる〉と別離の感情をたくみに唄いあげる盆踊り歌〈かわさき〉の一節は、まさに本作の舞台にぴったりと言える。

本シリーズでは、天空の城と呼ばれる兵庫県の竹田城（『失踪』二〇一六年）、加賀の山中温泉（『逆転』二〇一七年）、公害裁判の舞台となった四日市（『最期』二〇一八年）といった具合に、印象に残る場所が登場するが、今回の郡上八幡もまた作品そのものに格別な味わいをもたせる上で大いに貢献しているのではあるまいか。作品のテーマとその舞台となる場の風土とがみごとに融合した好例だと私には思えるのだが、いかがであろうか。

最後に、鶴見京介の身辺について簡単にふれてみたい。密《ひそ》かに想《おも》いを寄せていた柏田四郎法律事務所の同僚だった蘭子がニューヨークへ去ってから、彼の心には隙間風が吹いているようである。その隙間を、もしかすると塞いでくれそうな女性が本作には登場する。果して二人の関係がどう発展するのか、あるいは蘭子との関係に変化がみられるのか、それは次作を待つことにしたい。本シリーズには、〈泣かされる〉ばかりでなく、そんな愉《たの》しみもあることを付言しておきたい。

（おなぎ・はるのぶ　日本大学教授、文芸評論家）

集英社文庫

生《せい》　還《かん》

2019年4月25日　第1刷
2019年6月18日　第2刷

定価はカバーに表示してあります。

著　者　小杉健治《こすぎけんじ》

発行者　徳永　真

発行所　株式会社 集英社
東京都千代田区一ツ橋2-5-10　〒101-8050
電話　【編集部】03-3230-6095
【読者係】03-3230-6080
【販売部】03-3230-6393(書店専用)

印　刷　株式会社 廣済堂

製　本　株式会社 廣済堂

フォーマットデザイン　アリヤマデザインストア　　マークデザイン　居山浩二

本書の一部あるいは全部を無断で複写複製することは、法律で認められた場合を除き、著作権の侵害となります。また、業者など、読者本人以外による本書のデジタル化は、いかなる場合でも一切認められませんのでご注意下さい。

造本には十分注意しておりますが、乱丁・落丁(本のページ順序の間違いや抜け落ち)の場合はお取り替え致します。ご購入先を明記のうえ集英社読者係宛にお送り下さい。送料は小社で負担致します。但し、古書店で購入されたものについてはお取り替え出来ません。

© Kenji Kosugi 2019　Printed in Japan
ISBN978-4-08-745870-1 C0193